한 알의
씨앗이
들려주는
작은 철학

한 알의 씨앗이
들려주는 작은 철학

1판 1쇄 찍은날 2015년 4월 6일
1판 2쇄 펴낸날 2016년 7월 29일

지은이 김한수
펴낸이 정종호
펴낸곳 (주)청어람미디어

책임편집 오현미
편집 윤정원
디자인 정은경디자인
마케팅 김상기
제작 · 관리 정수진
인쇄 · 제본 서정바인텍

등록 1998년 12월 8일 제22-1469호
주소 03908 서울 마포구 월드컵북로 375, 402호(상암동)
이메일 chungaram@naver.com
카페 chungarammedia.com
전화 02)3143-4006~8
팩스 02)3143-4003

ISBN 978-89-97162-92-5 03810

이 도서의 국립중앙도서관 출판시도서목록(CIP)은
e-CIP 홈페이지(www.nl.go.kr/cip.php)에서 이용하실 수 있습니다.

(CIP제어번호: CIP 2015009851)

한 알의 씨앗이 들려주는
작은 철학

김한수 지음

청어람미디어

나는 괭이를 쥔 두 손이 자랑스럽다

나는 일상의 수레를 밀쳐내고 꿈을 향해 다시 일어설 수 있는 힘을 텃밭에서 얻었다. 텃밭이 아니었다면 애오라지 생존이 목표인 일상의 수레바퀴 밑에 깔려 영영 헤어나지 못했을 것이다.

돌이켜보면 농사를 짓기 전까지 참으로 각다분한 삶을 살았다. 이제 중3이 되는 딸이 태어날 때 난 삼 년만 고생하자며 소설가로서의 삶을 접었다. 취재는커녕 책 사볼 돈도 없어서 전전긍긍해야만 하는 삶이 지겹기도 했지만, 몇 푼 안 되는 돈으로 아이를 키울 생각을 하니 막막하기 짝이 없었다. 그래서 있는 돈 없는 돈 탈탈 털어서 과감하게 장사를 시작했다. 그러나 결과는 참담했다. 한 삼 년 넉넉히 벌어서 편한 마음으로 다시 소설을 쓰자는 계획과 달리 불과 일 년 만에 빚더미에 앉고 말았다. 어떻게든 빚을 갚고자 새로운 일에 뛰어들었지만 빚은 눈덩이처럼 불어났다. 장사에 소질이 없음을 뼈저리게 깨달았지만 이미 엎질러진 물이었다.

이후 팔 년간 빚을 갚기 위해 절치부심 이를 악물고 살았다. 최선을 다해 삶을 붙들었지만 뒤가 늘 불안했고 인생을 낭비하고 있다는 자괴감에 밤마다 뒤척여야 했다. 가장의 책임을 다하기 위해 밤낮없이 일하면서도 밑 빠진 항아리에 갇혀버렸다는 자의식이 숨통을 조여 왔고, 삶이 고작 살기 위함이냐는 질문이 머릿속에서 떠나질 않았다. 이제는 지나간 일이라 웃으면서 얘기할 수 있지만 참으로 먹먹한 시간이었다.

그러나 텃밭농사를 짓게 되면서부터 갑자기 삶이 달라졌다. 텃밭에서 자연과 호흡하고 생명을 돌보면서 나는 세상을 다시 보게 되었다.

텃밭에 나가면 일하는 그 자체가 즐거웠다. 생활은 여전히 팍팍하고 달라진 건 아무것도 없는데 그냥 마음이 평온해졌다. 이제껏 살아오면서 나는 단 한 번도 노동이 즐겁다는 생각을 해본 적이 없었다. 노동은 살기 위해서 어쩔 수 없이 해야만 하는 의무에 지나지 않았다. 젊어서 노동 해방을 부르짖고 산 날들이 있었는데, 곰곰 되새겨보면 그때의 난 노동 해방의 참된 의미를 몰랐다는 생각이 든다. 당연한 일이다. 내 잠재의식 속에 각인된 노동은 천하고 비루하며 고통스러운 것이었다. 성장하는 내내 그렇게 배웠고 주변의 삶들이 그러했다. 어쩌면 난 무의식 속에서 노동 해방이란 노동을 하지 않는 것으로 오해했을지도 모른다. 지금까지도 노동을 한다는 것 즉, 노동자가 된다는 것은 실패한 인생이란 거짓이 우리의 일상을 지배하고 있지 않은가.

그러나 텃밭에서의 노동은 달랐다. 그 어떤 강요나 간섭도 존재하지 않는 순수의지의 발로였다. 노동의 주인으로 살아간다는 게 얼마나 큰 기쁨인지 이전까지 나는 알지 못했다. 내가 살아온 세상에서의 노동은 어금니 질끈 물고 견뎌야 하는 굴종이었다. 하지만 텃밭에서 땀을 흘리노라면 내 삶의 주인은 원래 '나'였다는 자부심에 불끈 힘이 솟는다.

텃밭을 일구면서 난 행복을 알았다. 흙을 섬기고 생명을 키우다 보면 사람답게 살고 있다는 만족감이 온몸을 어루만진다. 내가 노동의 주인이고 주인으로 살아가는 노동은 거룩하기 때문이다. 그럴 땐 괭이를 쥔 두 손이 자랑스럽다. 손등에 내려 쬐는 햇살은 의미로 충만하고 우러르는 하늘은 푸르다.

어리석게 들릴지 모르겠지만 나는 아직도 세상이 바뀔 수 있다고 믿는다. 내가 꿈꾸는 세상에선 모두가 노동의 주인이고 평등하다. 차별은 발붙일 수가 없다. 노동의 주인이 되면 누구나 신성을 띠기 때문이다. 에이, 하고 코웃음을 칠지 모르겠지만 우리의 일상이 달라진다면 불가능한 일도 아니다.

그러나 우리의 일상은 너무도 공고하다. 변화의 기미가 좀처럼 보이지 않는다. 난 변화의 실마리를 텃밭에서 찾았다. 텃밭에선 작물만 자라는 게 아니다. 작물을 돌보는 사람을 성장시킨다. 고정관념에 균열이 오고 뜻하지 않은 곳에서 행복이 찾아온다. 자연스레 그리된다. 난 텃밭을 가꾸면서 행복한 사람은 불안하지 않다는 사실을 몸으로 깨달았다.

이제는 텃밭에서 일군 행복을 많은 사람과 나누고 싶다. 행복하게 일하는 사람들이 많아진다면 세상은 그만큼 좋아질 것이다. 행복한 사람은 불안해하지 않고, 불안을 초탈한 사람은 새로운 길로 나아가기 때문이다. 그러나 불안에 사로잡히면 일상에 갇힐 수밖에 없다. 불안한 영혼은 일상의 감옥에서 꿈을 포기한다. 그러면서 이만큼 살 수 있는 것만도 다행이라고 자신을 위무한다.

하지만 나는 삶은 이만큼 사는 게 아니라 저만큼 나아가야 한다는 걸 텃밭에서 배웠다. 노동을 빼앗기고 살아오면서 우리는 존엄성을 잃었다. 그래서 우리가 얼마나 거룩한 존재인가를 망각한 채 살아가고 있다. 텃밭에서 사람들을 만날 때마다 나는 우리 모두가 자신을 넘어서서 모두를 보살필 충분한 능력이 있음을 절감한다. 우리는 원래 그러한 사람들인 것이다.

이제 곧 봄이다. 나는 다가오는 봄에 더욱 많은 사람 손에 괭이가 들려있는 모습을 상상해본다. 장화에 밀짚모자를 눌러쓰고 행복을 일구는 풍경이 일상이 될 수 있다면 변화는 이미 시작된 것이다. 그래서 이제는 텃밭에서 땀을 쓱 훔치며 일상의 수레바퀴에 깔린 도시 사람들을 향해 목청을 높이고 싶다.

"여보, 어여 나오시게!"

○ 차
례

몸을 살린다는 건 단순히 몸을 움직이는 행위를 뜻하지 않는다. 몸을 쓰지 않으면 자신이 어떤 사람인지 알 길이 없다. 내가 무엇을 좋아하는지, 어떤 재주가 있는지 알고 싶다면 몸을 살려야 한다. 나는 농사를 짓고, 요리와 가공을 하고, 여러 시설 작업을 하면서 아, 나에게 이런 능력이 있었구나 하고 스스로 감동 받았다. 그 이후로 어디서 어떤 삶을 살든 당당하게 살아갈 자신이 생겼다.

1부

○ 스스로 행복하니 족하다

젊어서 등산을 참으로 좋아했다. 지리산으로, 설악산으로, 태백산으로 틈만 나면 종주를 했다. 북한산이나 도봉산도 무시로 오르내렸다. 숨이 끊어질 듯 가풀막진 오르막길을 땀범벅이 되어 다잡으면 일체의 잡념이 사라지고 마침내 정상에 서면 가슴이 장쾌하게 열렸다. 가뿐해진 몸과 마음으로 하산하면 그냥 행복했고 산밑 식당에서 도토리묵에 술잔을 기울이면 그곳이 곧 무릉도원이었다. 힘들게 산엔 뭣하러 올라가는지 도통 이해할 수 없다는 사람들이 더러 있는데 한번 산행의 맛에 빠져들면 왜 진작 이런 즐거움을 몰랐을까 무릎을 치며 탄식하게 된다. 산이 그곳에 있어서 오른다는 유명한 일화가 괜히 생긴 게 아니다.

그런데 텃밭농사를 짓기 시작한 이후로 산행과 담을 쌓았다. 틈만 나면 텃밭으로 내달리다 보니 산을 떠올릴 겨를이 없었다. 이따금 가볍게 북한산 종주라도 하고 싶다는 생각이 들기도 했지만 텃밭에서 차마 발걸음이 떨어지지 않았다. 산행의 즐거움보다 텃밭에서 누리는 즐거움이 몇 배나 컸기 때문이다.

산행의 즐거움을 이해하지 못하는 사람들이 으레 그러하듯 텃밭농사를 짓다 보면 그냥 사 먹고 말지 왜 고생을 사서 하느냐고 묻는 사람들이 있다. 그러면 나는 빙그레 웃으며 그냥이라고 답한다. 몇 마디 말로 콕 꼬집어서 설명할 길이 없기 때문이다. 세상에는 말로 설명하기 힘든 것들이 참 많다.

텃밭농사를 경험해보지 못한 사람들은 텃밭이 지닌 치유의 힘을 도통 믿으려 들지 않는다. 에이, 하고 소설가의 그럴싸한 허풍쯤으로 여긴다.

우선, 텃밭농사를 지으면서 체력이 눈에 띄게 좋아졌다. 국어대사전 두께로 잡히던 뱃살이 사라졌다. 운동선수들도 텃밭에 나오면 맥을 못 춘다. 쓰는 근육이 다르기 때문이다. 도시농부 가운데 환갑을 넘긴 유도장의 관장이 있다. 평생 운동을 쉬지 않은 분인데 열 평 텃밭에서 삼십 분 일하고 똑 죽는 줄 알았다고 고개를 절레절레 내젓는 바람에 모두 너털웃음을 터뜨렸다. 과장이 아니고 정말로 그렇다. 젊은 날, 경험 삼아 아파트 공사장에 쫓아다닌 적이 있는데 농사는 막노동과 견줘도 노동 강도가 결코 약하지 않다. 농사를 짓다 보면 전신 근육을 다 쓰게 된다. 그래서 농사로 단련된 이들의 몸은 장거리 육상선수의 몸과 크게 다르지 않다. 초보농부들에게 나는 텃밭엔 비아그라가 묻혀있다는 농을 하곤 하는데 꼭 농만은 아니다.

텃밭과 인연을 맺기 전 나는 딱히 몸 쓸 일이 없었다. 건강을 위해서 운동을 해야겠다고 왕왕 다짐을 했지만 늘 작심삼일이었다. 덕분에 내 몸은 늘 저질 체력이었다. 십 분만 공을 차면 하늘이 뱅뱅 돌았고 소주 두 병에 기절하기 일쑤였다. 그런데 지금은 한여름에도 아침부터 저녁까지 텃밭에서 거뜬하고 주량도 많이 늘었다. 예전 같으면 과음한 다음 날 종일 골골거리기 일쑤였는데 지금은 아침 일찍 번쩍번쩍 눈을 뜬다.

내가 나이 오십 전후 사람들에게 텃밭농사를 권하는 주된 이유 가운데 하나가 건강이다. 실제로 성인병을 앓는 많은 이들이 텃밭에서 큰 도움을 받는다. 열심히 땀을 흘려가며 좋은 음식을 먹는데 건강이 회복되지 않는다면 외려 이상한 일이다. 곰곰 생각해보면 텃밭은 최고의 병원인 셈이다.

꽤 오랫동안 몸을 쓰지 않고 살아온 까닭에 잠깐의 밭일에도 숨이 끊어질 듯 힘들었지만 땀으로 목욕한 몸을 추스르고 나면 형언할 길 없는 만족감이 온몸에 너울거렸다. 충만한 만족감은 그간 지친 몸과 마음을 어루만졌고, 복잡한 생각들로 찌들었던 머리는 심산유곡의 샘물처럼 맑고 투명해졌다. 요즘 힐링이 유행인데 치유의 힘은 텃밭만한 게 없는 것 같다.

세상살이에 이리저리 치이면서 나는 몸뿐만 아니라 마음의 건강도 잃었었다. 한마디로 세상 사는 재미가 없었다. 무기력함에 휩싸여 허깨비처럼 집과 일터를 오가기 일쑤였고 감정 조절이 안 돼서 벌컥벌컥 화를 내는 일도 잦았다. 치료를 받아야 할 정도는 아니지만 우울증도 점점 심해졌다. 거울에 비친 내 몰골은 형편없었고 잠자리에 들 때면 아침이 두려웠다. 내 인생은 여기서 끝이라는 생각에 눈물을 질금거렸고 간신히 부여잡고 있던 자존감마저도 촛불처럼 꺼져버렸다.

그런데 텃밭과 인연을 맺으면서 꺼졌던 불이 반짝 켜졌다. 밭을 일구고 김을 매다 보면 어지럽게 뒤엉켜서 데굴데굴 굴러다니던 잡념들이 일시에 사라진다. 눈앞에 놓인 일을 몸이 좇다 보면 내가 무얼 하고 있다는 생각조차 잊는다. 무념무상, 그냥 내 몸이 일이고 일이 내 몸이다. 땀이 돋고 그 땀을 식혀주는 바람은 상쾌하다. 잠시 일손을 멈추고 뒤를 돌아보면 밭과 내가 다 환하다.

지금도 가끔 마음이 복잡할 때가 있는데 그러면 나는 곧장 텃밭으로 향한다. 그러면 텃밭은 늘 그래 왔듯이 내 마음을 자애롭게 어루만진다. 텃밭의 손길이 닿으면 잡념은 씻은 듯 사라지고 마음은 평온을 되찾는다.

내 주변에는 텃밭에서 마음의 평화를 얻은 사람을 손쉽게 찾아볼 수 있다. 삼십 년 지기 소설가 선배가 있는데 그는 생때같던 아들을 교통사고로 하루아침에 잃었다. 칠대 독자였고 고3이었던 녀석은 등굣길에 버스에 치여서 의식불명으로 병원에 실려 갔다. 그러나 끝내 의식을 되찾지 못하고 한 달 뒤 세상을 떠났다. 화장터에서 울지도 못하고 덜덜 떨던 선배의 얼굴이 지금도 잊히지 않는다. 그 뒤로 선배는 지옥에서 살았다. 날마다 술을 마셨고 날마다 울었다. 기저귀 찰 때부터 선배의 아들을 지켜봐 왔던 나 역시 따라 울곤 했지만 그냥 그뿐, 슬픔의 늪에 빠진 선배를 위로할 방법은 어디에도 없었다. 그렇게 십 년 가까운 세월이 흘렀다. 그러나 선배의 슬픔은 가시기는커녕 더욱 눅진해졌다.

그 무렵 텃밭농사에 푹 빠져든 나는 수확물이 생길 때마다 한 보따리씩 챙겨서 일주일에 두어 번 선배네 집 초인종을 눌렀다. 아이고, 이렇게 귀한걸. 선배는 매번 고마워하면서도 얻어먹기만 해서 어떻게 하느냐고 못내 미안해했다. 그때마다 나는 바람 쐰다 생각하고 텃밭에 놀러 오라고 심상이 대꾸했다. 그러면 선배는 자기한테 텃밭은 가당치도 않다며 고개를 가로저었다. 그렇게 일 년이 지나갔다. 그러던 어느 날, 문턱이 닳도록 수확물을 들이미는 내가 영 부담스러웠는지 선배는 일손을 돕겠다며 자청해서 텃밭으로 따라나섰다.

그 이후로 선배는 텃밭에서 살다시피 했다. 텃밭에서 선배는 아들을 잃은 슬픔의 터널에서 빠져나오기 시작했고 서서히 웃음을 되찾았다. 지금은 그 누구보다 적극적인 텃밭 전도사가 된 선배는 어느 술자리에서 텃밭이 자신을 살렸다는 고백을 했다.

몸을 살린다는 건 단순히 몸을 움직이는 행위를 뜻하지 않는다. 몸을 쓰지 않으면 자신이 어떤 사람인지 알 길이 없다. 내가 무엇을 좋아하는지, 어떤 재주가 있는지 알고 싶다면 몸을 살려야 한다. 나는 농사를 짓고, 요리와 가공을 하고, 여러 시설 작업을 하면서 아, 나에게 이런 능력이 있었구나 하고 스스로 감동 받았다. 그 이후로 어디서 어떤 삶을 살든 당당하게 살아갈 자신이 생겼다.

헬스장 러닝머신 위에서 고독하게 뛰는 사람들을 보면 왠지 짠하다. 수시로 운동량을 수치화해서 확인하고 칼로리를 따져가며 몸을 만드는 풍경은 어딘가 모르게 기괴스럽다. 예능 프로그램마다 초콜릿 복근이 넘쳐나지만 그 몸이 내 눈엔 아름다워 보이지 않는다. 자기 몸을 학대하는 것으로 비칠 뿐이다. 내겐 경쟁하고 보여주기 위해서 만든 근육보다 시장에서 생선을 자르는 투박한 근육이 백배 천배 아름답다. 텃밭에서 자주 하는 우스갯소리가 있다. 세상에서 가장 섹시한 여자는 어떤 여자냐는 질문이 나오면 밭일을 잘하는 여자라는 대답과 함께 자글자글 웃음보가 터진다. 꼭 밭이 아닌들 어떠랴, 노동에 심취한 몸은 눈부시게 아름다운 법이다.

몸을 살린다는 건 살아가는 데 필요한 일을 두루 해낼 수 있는 능력을 의미한다. 잘하고 못하고는 중요하지 않다. 유명한 몸치인데도 삼 년에 걸쳐서 자기 집을 근사하게 지은 선배가 있다. 의지로 불가능해 보이는 일을 해낸 것이다. 내겐 그 선배가 몸짱이다. 어지간한 일쯤 척척 해내서 나 역시 몸짱 소리 꽤나 들어왔지만 그 선배 앞에 가면 영 폼이 안 난다. 손수 집을 짓기 전까진 진정한 의미의 몸짱이 아닌 것이다. 하긴 삶의 몸짱이 되기 위해선 아직도 갈 길이 멀다. 그래도 삶 구석구석에 적잖은 근육을 다져왔으니 나름의 자부심은 있고 그 자부심은 온전한 즐거움으로 삶에 생기를 불어넣는다.

텃밭 일을 마치고 집으로 돌아와 샤워한 뒤 거울 앞에서 보비빌더처럼 자세를 취해볼 때가 있다. 남들이야 웃겠지만 내 딴에는 꽤 흡족하다. 삶을 사랑하는 사내가 거울 속에서 웃고 있다. 한때 그 사내는 머리로 세계를 이해하며 괴로워했었다. 그런데 지금은 미소가 맑은 몸짱이 되어 있다. 내게도 초콜릿 복근이 있다고 생길 때마다 아내와 딸은 쿡쿡거리며 웃지만 까짓 괜찮다. 내 몸 가지고 내가 몸짱이라는데 크게 욕먹을 일도 아니고 스스로 행복하니 족하다.

인생을 바꾼 열마디의 말

내가 텃밭과 인연을 맺은 것은 일산에 터를 잡고 나서의 일이니 꼭 일곱 해 전이다. 나는 고심 끝에 십구 년간 살아온 인천을 뜨기로 결심했다. 변화를 꾀하지 않으면 생활에 파묻혀 그대로 삶을 마감하게 될지도 모른다는 두려움이 하루하루 온몸을 옥죄었다. 물론 인천이 싫기도 했다. 십구 년을 인천에서 살아왔지만 난 늘 이방인이었다. 술에 취해 집 앞 버스정류장에 내리면 항상 남의 동네에 온 것 같았고 무엇보다 외로웠다. 주변을 돌아보면 다들 생존만을 위해 달려나갔다. 돈밖에 관심이 없는 관계 속에서 늘 말벗이 그리웠다. 꿈과 이상과 자유와 평등에 대해 노래하고 싶은데 주위를 둘러보면 아내밖에 없었다. 나 못지않게 인천에서의 삶을 힘겨워했던 아내는 인천을 뜨자는 내 결정에 얼씨구나 찬성을 하고 나섰다. 어디로 이사를 가느냐는 아내의 질문에 나는 거침없이 일산 하고 외쳤다. 이유를 묻는 아내에게 그곳엔 벗들이 있노라고 잘라 말했다.

그렇게 해서 우리 가족은 일산에 둥지를 틀었는데 지금 생각해보면 백번 천번 잘한 결정이었다. 인천에 계속 눌러살았다면 지금도 생활을 끌어안고 멍한 눈길로 허공을 우러르고 있을 것만 같다. 일산에 와서도 한동안 막막하고 앞이 잘 보이지 않았다. 그때 내게 한 줄기 빛이 되어준 게 텃밭이었다. 환영식 삼아 모인 술자리에서 누군가 지나가는 말처럼 한마디 툭 내뱉었다.

"한수야, 주말 텃밭 열 평 안 해볼래?"

무슨 조화였을까. 당시 내 상황은 텃밭농사는 언감생심 꿈도 꿀수 없는 처지였다. 그런 상황에서 텃밭농사라니 가당치도 않았다. 그런데 일 초의 망설임도 없이 불쑥 해보지 뭐, 하는 소리가 입에서 튀어나와버렸다. 지금도 그때 왜 그랬는지 도무지 이해할 길이 없다. 그저 인연이라고 할 밖에.

"주말 텃밭 열 평 안 해볼래?"라는 열 마디의 말이 내 인생을 이렇게 바꿔 놓을 줄 그때는 몰랐다.

농사의 농자도 모르는 전형적인 도시 촌닭에게 텃밭은 그저 생경하고 어리둥절하기만 했다. 그러나 동시에 이루 말할 수 없이 친근하기도 했다. 땅이 말을 걸어오는 것만 같았고 그 자리에 서

있는 자체가 그저 아무런 이유 없이 좋기만 했다.

내가 농사를 왜 그토록 좋아하는지 이해를 못하는 가족들은 종종 농사가 뭐 그리 좋으냐고 묻곤 하는데 그때마다 나는 웃음으로 답을 한다. 가족들은 그런 나를 더러 한심하게 여기는 눈치다. 중년의 나이에 집 한 칸 장만하지 못한 아들을 안쓰럽게 생각하는 어머니와 빠듯한 살림을 꾸려가느라 가쁜 숨을 몰아쉬는 아내와 중학생이 되고부터 부쩍 돈 쓸 일이 많아진 딸에게까지 나는 현실 감각이 없는 요상한 사람 취급을 받는다. 그 부분에 대해서는 딱히 대꾸할 말이 없다. 차라리 농사를 지을 시간에 해리포터 같은 베스트셀러나 쓸 생각을 하라고 일침을 놓기도 하는 딸은 열심히 돈 벌어서 그냥 농약 친 것 사 먹자는 잔소리까지 한다. 대놓고 구박을 하지는 않지만 내가 농사에서 손을 떼고 창작에 전념하거나 돈 버는 일에 좀 더 집중하길 바라는 아내는 늙어서 혼자 살기 싫으면 알아서 하라며 은근한 압력을 가해온다. 그때에도 나는 그저 웃을 따름이다.

내가 텃밭에서 행복한 이유는 나만을 위한 노동이 아니기 때문이다. 겨우 열 평짜리 텃밭인데도 소출이 어찌나 많던지 집안에 이런저런 작물이 차고 넘쳤다. 고추만 하더라도 풋고추와 청양고추와 오이고추를 각각 사 주씩 심었는데 한 번 딸 때마다 한 소쿠리씩 나왔다. 매주 끊임없이 그만큼의 양이 나오니 이건 부지런히 먹고 남은 건 장아찌를 담가도 감당이 안 됐다. 오이 또한 모종

육 주만 심었는데도 생으로 먹고, 무쳐 먹고, 소박이를 담가 먹어도 집안에 오이가 굴러다닐 지경이었다. 사정이 이러하다 보니 이웃한 지인들에게 나눠주는 외에는 달리 어찌할 도리가 없었다.

처음에는 선심 쓴다는 기분으로 비닐봉지에 골고루 담아서 나눠주기 시작했는데 그 나눔이 생각 외로 즐거웠다. 애지중지 키우고 애면글면 돌본 작물을 받아든 지인들은 눈에 띄게 반색을 하며 고마워했다. 그러한 모습을 대하노라면 사소한 노동이 모두를 위한 나눔이 될 수도 있다는 생각에 보람과 긍지가 느껴졌다. 자주, 더 많이 나눌수록 즐거움은 배가 되었고 텃밭에 나가는 재미도 더욱 커졌다. 어떨 때는 작물을 나눠주고 싶은 마음이 앞서서 몸이 근질거렸고, 수확한 작물을 비닐봉지에 담노라면 콧노래가 절로 나왔다.

그런데 작물을 나눠주는 내 발길이 잦으면 잦을수록 지인들은 매번 받아먹기만 해서 어떻게 하느냐며 미안해하고 불편해하기 시작했다. 진심을 다해, 신경 쓰지 말라고 누차 강조를 해도 그들은 밥을 사고 술을 사기 시작하더니 나중에는 밭에 나와서 일손을 거들기까지 했다. 종당에는 그들 모두 농사를 짓는 재미에 푹 빠져서 직접 텃밭농사를 짓게 되었다. 그 이후로 우리는 공동체 형태로 함께 농사를 지으면서 두런두런 사는 이야기를 나누고 술과 음식을 나누었다.

텃밭농사의 백미는 사람들끼리의 어울림이다. 인천에서 살던 시절에 나는 늘 사람들 속에서 사람이 고팠다. 그런데 지금은 손만 뻗으면 닿을 거리에 많은 벗들이 있다. 예전부터 사귀어온 벗들보다는 텃밭에서 인연을 맺은 벗들이 몇 곱절 많다.

산에 오르는 사람치고 나쁜 사람 없다는 말이 있다. 텃밭에서 땀을 흘리는 사람들이 바로 그렇다. 생명을 키워보겠다고 모인 사람들이니 바탕이 선할 수밖에 없다. 사는 형편도 제각각이고 나이와 직업도 서로 다르지만 텃밭에 모인 이들에게는 한 가지 공통점이 있다. 사막과 같은 도시생활에 환멸을 느끼고 귀농이나 귀촌을 꿈꾼다는 점이다. 그래서일까, 모두 별다른 욕심이 없다. 욕심을 내려놓으니 마음이 열리고 서로가 서로를 진심으로 대한다. 아이들을 학원으로 내모는 사람들도 드물다. 아이들의 꿈을 믿고 기다릴 줄 아는 것이다.

내가 몸담은 고양도시농업 네트워크는 공동체 중심으로 농장을 운영하고 있다. 예를 들어 삼백 평의 밭에 열 명이 공동체를 구성했다면 이십 평에는 공동작물을 심고 열 평에는 개인작물을 심는 것이다. 공동작물은 모두가 모여서 결정을 하는데 감자나 고구마나 야콘 같은 구근작물이 주를 이룬다. 연령층이 높은 공동체는 주변에 성인병으로 고생하는 사람들이 많다 보니 울금이나 여주 같은 특용작물을 공동으로 경작하기도 한다. 농사 경험이 풍부하고 사람들에게 신망이 두터운 사람이 밭장을 맡아서 공동체를 이끌어나간다. 밭장이 공동체를 소집하면 모두 모여서 공동텃밭을 먼저 돌본 연휴에 개인텃밭을 살핀다.

공동체를 이루어 텃밭에 모이다 보니 모두가 둘러앉아 정성껏 준비해온 도시락으로 함께 식사하는데 진수성찬이 따로 없다. 뷔페나 다름없는 식탁이 텃밭 한가운데 떡 하니 차려지는 것이다.

막걸리 잔이 오가면서 스스럼없는 이야기들이 어우러지고 웃음꽃이 사방에서 폭죽처럼 터진다. 한때 또 하나의 가족을 내세운 기업이 여론의 뭇매를 맞았는데 텃밭에 둘러앉은 이들은 진실로 또 하나의 가족이다. 매주 모여서 구체적 경험을 공유하다 보니 이야기가 만발한다. 그러한 이야기들이 쌓여서 하나의 힘이 되고 이제는 우리가 모여서 마을도 만들고 세상을 변화시킬 파장을 만들어낼 수 있을지도 모른다는 즐거운 상상까지 하게 되었다.

함께 모여서 꿈꿀 수 있다는 것은 참으로 행복한 일이다. 나는 가슴 속에 남쪽으로 향한 창을 하나씩 매단 벗들과 함께 텃밭에서 자주 하늘을 본다. 오랜 시간 길을 잃고 방황을 하며 살아왔지만 이제는 더 이상 길을 잃을 것 같지 않다.

가족들이 농사 좀 그만 지으라고 타박할 때 내가 웃는 것은 달리 할 말이 없는 탓이기도 하지만 동시에 할 말이 아주아주 많기 때문이기도 하다. 어쩌면 가까운 미래에 가족들에게 싱긋 웃는 대신에 가슴 속에 쌓아둔 이야기를 조곤조곤 풀어내게 될지도 모르겠다. 그때까진 구박을 견디며 꿋꿋하고 의연하게 웃을 일이다. 너무 환하게 웃으면 곤란해질 수도 있으니 지금처럼 가볍게 싱긋.

삶은 원래
수고로워야 한다

친구와 함께 농사를 짓는 구십 평 울금밭이 두 번 내린 봄비로 풀밭이 되어버렸다. 가뭄 끝에 내린 봄비를 즐길 새도 없이 돌아서면 쑥쑥 자라나는 풀들이 일손을 재촉한다. 구십 미터에 달하는 이랑 네 곳을 우북하게 뒤덮은 풀들을 보고 있자니 마음이 절로 바빠진다. 지열이 올라야 울금이 하루빨리 싹을 내밀 텐데 종아리 높이까지 자란 풀들은 짙은 그늘을 드리운다. 그러나 바쁜 일정 탓에 시간을 내기가 쉽지 않다. 혼자서 김을 맬 생각도 해보았으나 어림짐작으로도 꼬박 하루 일인지라 한여름 못지않은 땡볕 아래서 좀체 엄두가 나지 않는다.

고심 끝에 허물없이 지내는 벗들에게 넌지시 도움을 청했다. 다들 직장에 적을 두고 주말농사를 짓다 보니 도움을 청하기가 쉽지만은 않았다. 각자의 밭을 돌보기에도 눈코 뜰 새 없이 바쁜 철이 아닌가. 그러나 다들 흔쾌히 시간을 내서 달려와 주었다. 울금을 심을 때도 팔을 걷어붙이고 도와줬는데 이번에도 이렇게 선뜻 나서주다니 천군만마를 얻은 듯 든든하고 감사하다. 다들 농사 경력이 몇 년씩 되고 계속해서 호흡을 맞춰온 사이다 보니 울금밭에 서자마자 손발이 척척 맞는다. 나와 한 사람은 딸깍이를 들고서 고랑과 두둑 가장자리의 풀을 쳐나가기 시작했고 세 사람은 낫을 들고서 두둑 위의 풀을 잡았다.

울금밭을 공동경작하는 친구의 부인은 역할을 나눠서 밭에 흩어진 우리들의 등 뒤에 대고 공동체가 꾸려진 것 같다며 빙그레 미소를 짓는다. 그 말에 다들 웃음으로 화답한다. 드러내놓고 말하지 않더라도 우리는 진작부터 공동체였다. 농장에서뿐만 아니라 일상의 공간에서도 내남없이 서로를 보살필 준비가 되어 있다. 지나온 세월 속에서 우리는 그 사실을 몸속에 담아두었다.

나는 딸깍이로 웃자란 풀의 뿌리 부분을 툭, 툭, 쳐나갔다. 딸깍이의 날이 닿을 때마다 웃자란 풀들이 맥없이 쓰러진다. 딸깍이를 사용할 때마다 느끼는 거지만 그 기능이 참으로 놀랍기 짝이 없다. 낫질보다 몇 배나 빠르다. 풀이 어릴 때는 백 평 김을 매는데 두어 시간이면 족하다. 물론 그렇다고 해서 쉽기만 한 것은 아니다. 여느 농사일처럼 딸깍이로 김을 매는 것도 숨이 차고 팔이 저리기는 매한가지다. 그러나 서서 일하기 때문에 허리가 아프지도 않고 기계 못지않은 속도로 풀을 잡아 나갈 수 있으니 정말 유익한 농기구인 것만은 틀림없다.

풀을 치면서 보니 참으로 다양한 풀들이 뒤섞여 있다. 명아주를 중심으로 해서 소리쟁이와 바랭이와 쇠비름과 메꽃이 비슷한 세력을 형성했다. 하나같이 농사짓는 데 골치 아프기로 정평이 난 풀들이다. 그러나 농사라는 목적을 버리고 바라보면 사람 몸에는 더할 나위 없이 좋은 약초들이다.

조상들이 지팡이로 만들어 썼던 명아주는 생리 불순과 자궁 출혈에도 효과가 있고 대장염이나 설사, 이질에도 도움이 된다. 그뿐만 아니라 장기 복용하면 동맥경화를 예방할 수 있고 소소하게는 벌레 물린 상처도 치료할 수 있다. 강원도 사람들이 국으로 즐겨 끓여 먹는 소리쟁이는 각종 피부 질환에 탁월한 효과가 있고 항암 치료제로도 쓰이며, 치질은 물론이고 구강 건강을 유지하는 데에도 그만이다. 말이 먹으면 사탕을 먹는 것처럼 좋아한다고 하여 '마당(馬唐)'이라고 불리는 바랭이는 눈과 귀를 밝게 하고 위의 기능을 향상하는데 탁월한 기능을 하는 것으로 알려졌다. 강한 생명력 때문에 예전부터 농가에서 골칫거리로 여겨온 쇠비름은 그 뛰어난 효능이 방송을 통해 널리 알려지기 시작하면서 요즘엔 쇠비름만을 전문적으로 생산하는 농장이 생길 정도다. 쇠비름은 늙어도 머리칼이 희어지지 않는 대표적 장수 식품으로 예로부터 장명채로 불려 왔을 뿐만 아니라 『동의보감』이나 『본초강목』 같은 의서에도 빠지지 않고 등장한다. 쇠비름의 대표적 효능으로는 뛰어난 항암 효과를 들 수 있는데 실제로 각종 암의 치료제로 널리 쓰이고 있다. 또한 오메가3의 보고로 알려진 쇠비름은 정신 질환을 비롯해서 치매 예방에도 좋고 만성간염이나 중풍에도 효과가 있으며 피부 미용이나 비만 예방에도 도움이 된다. 흔히 나팔꽃과 혼동하기 쉬운 메꽃은 어린이와 노인의 체력을 높이는데 탁월한 효과가 있고 혈압이나 당뇨에도 도움이 된다. 메꽃 뿌리를 쪄서 말려두었다가 자양강장제나 정력제로 쓰기도 하며 각종 부인병과 신장에도 좋으며 예전부터 장수 식품으로 알려지기도 했다.

그러나 농부에게는 이 모든 약초가 농사를 방해하는 걸림돌로 여겨질 수밖에 없다. 목표한 작물을 잘 키우는 게 최우선이기 때문이다. 나 역시도 크게 다르지 않다. 물론 김을 매다 보면 일껏 자란 풀들에 미안하기는 하다. 더러는 풀들이

"우리도 좀 살자, 쌍놈들아!"

하고 욕하는 소리가 환청처럼 들릴 때도 있다. 그럴 때는 참으로 난감하다. 하지만 달리 어쩔 도리가 없다. 풀과의 공생을 고민하다가도 작물을 생각하면 절로 낫이나 호미를 들고서 김을 매게 된다.

한 시간 남짓 풀을 잡다 보니 다들 호흡이 가쁘다. 한여름이나 다름없는 땡볕 아래서 쉬지 않고 일손을 재우쳤으니 무리도 아니다. 돌아보니 밭이 환하다. 일손 야무지고 빠른 사람들이 손발을

맞추니 속도가 여간 빠른 게 아니다.

　잠시 얼음물로 목을 축이고 꿀떡으로 배를 채운 뒤 다시 일손을 다잡는다. 휴식을 취한 지 얼마 지나지 않아서 또다시 땀이 비 오듯 흐르기 시작한다. 딸깍이를 쥔 팔뚝도 슬슬 저리고 가쁜 숨결에 단내가 묻어난다. 곰곰이 돌이켜보면 농사일은 어느 것 하나 쉬운 게 없다. 밭을 만들고, 파종하고, 모종을 심고, 김을 매고, 지지대를 세워 줄을 띄우고, 수확하고, 가공하거나 저장을 하기까지 그야말로 인내의 연속이다. 하지만 그 모든 게 당연하다. 힘들지 않으면 되레 그게 이상한 일이다. 농사를 지어오면서 힘들게 사는 일이 자연의 이치에 합당하다는 생각이 틀을 잡았다. 삶은 원래 수고로워야 한다. 그걸 부정하고 외면할 때 죄를 짓게 되는 것 같다. 수고로움을 버리고 편함을 취하려고 할 때 우리는 누군가의 삶을 수탈하게 된다. 그래서 공자는 공동체를 이루기 위해서는 마을에서 소비자부터 없애라는 교훈을 남겼는지도 모른다. 땀방울을 얼마쯤 흘렸을까, 점차 일의 끝이 보이기 시작했다. 일의 끝이 보이니 한결 힘이 난다.

　마침내 일이 끝났다. 시계를 보니 꼬박 네 시간이 걸렸다. 돌아보니 고단함 속에서도 모두의 얼굴이 환하다. 일을 마친 우리는 서로의 손뼉을 마주쳐가며 감사함을 나누었다. 우리의 곁에 우리가 있을 수 있다는 것은 얼마나 감사한 일인가. 물론 우리의 노동에 희생된 풀들에는 미안하고 또 미안한 일이지만……

김장농사는 내게 각별한 의미가 있다. 텃밭농사를 짓기 전까지만 하더라도 우리 부부는 김장과는 담을 쌓고 살았다. 어머니와 함께 살 때는 해마다 김장김치를 담가 먹었지만 막냇동생 부부가 식당을 차린다고 어머니를 주방장으로 모셔간 뒤로는 김치를 사 먹기 시작했다. 사시장철 아무 때고 김치를 사 먹을 수 있는데 괜한 생고생 해가며 쟁여놓고 먹을 필요가 없다는 게 우리 부부의 공통된 생각이었다.

그러나 텃밭농사를 짓기 시작하면서부터 사정이 달라졌다. 고스톱도 초짜가 돈을 딴다고 생판 처음 지어보는 김장농사가 입이 쩍 벌어질 만큼 풍작을 이뤘고 자연히 김장을 하게 되었다. 김장이 목적이 아닌 호기심 반 재미 반으로 지은 가을 농사였지만 풍성한 수확을 거두다보니 횡재를 한 기분이었고 내친김에 김장에도 욕심이 생겼다.

늘 어머니 곁에서 보조 역할만 해왔던 우리 부부는 어머니를 거들던 기억을 하나하나 되짚어가며 김장김치를 담기 시작했다. 난생처음 스스로의 힘으로 김장을 하다 보니 어설픈 건 둘째 치고 과정마다 당황스러운 게 한두 가지가 아니었다. 간수의 농도는 어떻게 맞춰야 하는지, 배추는 얼마나 절여야 하는지, 양념을 만들 때 각 재료 간의 비율은 어떻게 조절해야 하는지 난감함의 연속이었다. 그 와중에도 우리 부부는 화학조미료와 설탕을 사용하지 않기로 단박에 의견 일치를 보았다. 대신 양파와 과일만으로 단맛을 내기로 했다.

우여곡절 끝에 김장을 마친 뒤 맛을 본 우리 부부는 환한 얼굴로 손뼉을 마주쳤다. 첫 도전치고는 꽤나 만족스러웠다. 숙성을 시키기 위해 김치가 그득그득 들어 있는 김치통을 베란다에 쌓아두니 어찌나 뿌듯하든지 보고만 있어도 배가 불렀다.

손수 김장을 했다는 것만 해도 대견한 노릇인데 직접 농사를 지은 작물로 김치를 담갔다는 사실이 무엇보다 자랑스러웠다. 김장 농사를 짓기 전만 해도 나는 그저 무기력한 소비자에 지나지 않았다. 아무리 좋게 미화를 한다고 하더라도 소비자는 무기력함에서 벗어날 수가 없다. 생산자의 입장에 서지 않는 한 자신의 능력을 애써 부정하면서 소비로 대체해버리고 만다. 사람이라면 누구나 할 수 있는 많은 것들을 '나는 그런 걸 할 능력이 없어. 그런 건 전문가나 하는 거야' 하면서 일상을 소비로 채워버린다.

베란다에 쌓아둔 김치통을 보면서 나는 그런 사실을 뼈저리게 실감했다. 막상 해보니까 아무것도 아닌 것을 왜 그전에는 엄두도 내지 못했을까. 곰곰 돌이켜보니 소비가 늘어나고 점차 그에 익숙해지면 상상력은 고갈될 수밖에 없다는 생각이 들었다.

김장김치는 사 먹거나 어머니가 담그는 것이란 사고에서 벗어나 손수 김장을 하고 보니 내년에는 직접 키운 마늘과 양파로 김치를 담가보고 싶다는 욕구가 일었다. 김장김치에 직접 키우고 수확한 마늘과 양파가 들어갔다면 더 좋았을 텐데 하는 아쉬움이 남았기 때문이다.

결국 이듬해에 나는 마늘과 양파뿐만 아니라 생강농사까지 짓게 되었고 김장을 하는 기쁨은 배가 되었다. 그런데 이번에는 새로운 아쉬움이 생겼다.

첫해에는 소 뒷발에 쥐 잡는 격으로 배추가 튼실하게 자랐던 것인지 이번에는 결구도 이루지 못하고 비행접시 모양으로 퍼진 배추를 수확하고 말았다. 비행접시 배추를 들고 집으로 들어갔더니 아내는 꽤나 당황한 눈치로 절임배추를 사다가 김장을 하자는 얘기를 슬그머니 꺼내놓았다. 그러나 비록 모양은 보잘것없지만 직접 수확한 배추를 두고서 절임배추를 살 수는 없는 노릇이었다.

다음 해에 나는 속이 꽉꽉 들어찬 배추를 얻기 위해 김장농사에 각별히 공을 들였다. 그러나 결과는 영 시원찮았다. 속이 쓰린 나머지 괴산에서 절임배추 농사를 전문으로 하는 선배에게 자문했는데 배추농사가 정말로 어려운 농사라는 답변만 돌아왔다.

납작하게 퍼진 배추 꼴을 본 아내는 고개를 잘래잘래 저어가며 한숨을 내쉰 뒤 내년에도 비행접시 배추를 집에 갖고 들어오면 이후로는 무조건 절임배추를 사겠노라고 선언해버렸다. 나는 입이 열 개라도 할 말이 없었다. 유기순환 방식으로 키운 배추가 얼마나 몸에 좋은지 구구절절 주워섬겨봐야 아내의 성정으로 미루어 짐작건대 콧방귀를 풍풍 뀌어가며 온갖 잔소리를 늘어놓을 게 뻔했다. 이럴 때는 국으로 가만히 찌그러져 입을 닫는 게 상수다.

아내는 김장하는 내내 배추가 어쩌고저쩌고 불평을 쉬지 않았다. 내심 부아가 치밀었지만 나는 어금니를 지그시 깨물고서 내년에 두고 보자고 단단히 별렀다.

올해 봄 농사가 시작되자마자 은근히 걱정이 앞서기 시작했다. 6월에 접어들면서부터 나는 머릿속으로 배추농사의 시뮬레이션을 끊임없이 그려보았다. 동시에 첫해 풍작을 이뤘던 배추농사의 전 과정을 낱낱이 짚어보았다. 그러다가 퍼뜩 첫해에만 8월 초순에 배추 모종을 정식했다는 사실에 생각이 미쳤다.

원래 배추 모종을 정식하는 적기는 8월 하순이다. 김장배추는 구십 일을 키우는데 제대로 맛이 든 배추를 수확하기 위해서는 된

서리를 서너 차례 맞춰야 한다. 텃밭농사를 짓기 시작한 첫해에는 농사를 익히기에 정신이 없어서 질서없이 농사를 지었지만 차츰차츰 농사에 이력이 붙고 공부도 깊어가면서 농사를 절기에 맞추기 시작했다. 절기에 대한 지식을 쌓아가면서 8월 초에 배추 모종을 정식한 게 무지의 소산이라는 생각을 하게 되었고 부끄러움도 느꼈다. 그 이후로 배추농사는 무조건 8월 하순에 맞추어왔다.

하지만 매번 비행접시 배추가 나오니, 나는 고민에 고민을 거듭한 끝에 토요일인 8월 10일에 정식을 하기로 결정했다. 농사는 절기에 맞춰서 짓는 게 옳지만 계속해서 결과가 안 좋게 나타난다면 방법을 달리해볼 필요가 있다. 나는 서둘러 김장농사를 위해 비워두었던 밭을 일구었다. 쇠스랑으로 흙을 뒤집은 뒤 유박퇴비를 넉넉히 넣어주고 쇠칼귀로 평탄 작업을 했다.

이십 평 밭을 일구는데 꼬박 한나절이 걸렸다. 기온이 37도까지 오르는 폭염 속에서 밭을 만들다 보니 숨이 깔딱깔딱 넘어가고 종당에는 현기증이 일었다. 일 년 농사 가운데 가장 힘든 건 한여름의 밭 만들기다. 하지만 그만큼 보람도 크다. 말도 못하게 힘들긴 하지만 다 만들어진 밭을 둘러볼 때면 짜릿한 쾌감이 전신을 쫘르르 훑고 지나간다.

잠시 휴식을 취한 뒤 바로 배추 모종 정식에 들어갔다. 통상 배추 모종을 정식할 땐 삼십 센티미터 간격을 주는데 배추가 잘 자라주면 너무 비좁다. 그렇게 되면 공기가 잘 통하질 못해서 배추 잎이 짓무를 수도 있고 해충 방제에도 어려움을 겪게 된다. 그래서 나는 길이 간격 사십 센티미터에 폭 간격 오십 센티미터를 주고서 호미로 구멍을 팠다. 초보 도시농부들은 많이 심을 욕심에 다 자란 배추의 크기가 아닌 모종의 크기만 생각하고 십오 센티미터에서 이십 센티미터 간격으로 조밀하게 심곤 하는데 여하한 경우에도 적정 간격은 반드시 지켜줘야 한다.

이랑 길이가 총 십 미터라 계산을 해보니 오십 개의 모종이 들어간다. 팔십 개의 모종을 준비해왔던 나는 잠시 망설였다. 마침내 나는 오십 포기만 키우기로 마음을 굳히고 배추밭을 더 넓히지 않았다.

미리 파놓은 구멍에 조루로 물을 흠뻑 줬다. 초보들이 흔히 범하는 실수 가운데 하나가 모종을 심어놓고 그 위에 물을 주는 것이다. 그래놓고 물을 흠뻑 줬다고 좋아하지만 두둑 위에다 뿌리는 물은 흙 표면만 적실 뿐이다. 모종이 몸살을 앓지 않고 제대로 활착을 하기 위해서는 구멍에 물을 가득 채운 뒤 그 물이 흙 속으로 다 스며들고 난 다음에 정식을 해야 한다. 또 하나 중요한 건 어떤 모종이든 간에 서늘한 아침이나 늦은 오후에 정식을 해야 한다는 점이다. 뜨거운 한낮에 정식을 하게 되면 모종들은 심하게 몸살을 앓는다.

정식을 끝낸 나는 활대를 꽂고 한랭사를 씌워주었다. 배추는 서늘한 기후를 좋아하는 작물이라 8월 초에 심는 건 너무 이르기 때문이다. 더 이상 아내에게 무시를 당할 수 없다는 오기와 이번에야말로 어떻게 해서든 배추를 제대로 키워보고 싶다는 결기에 절기를 앞당기기는 했지만 내심 자연스러움을 거슬렀다는 생각에 속이 썩 편치는 않았다. 8월 초는 워낙에 뜨겁기도 하지만 벌레 피해가 가장 심한 시기이기도 하다. 그래서 한랭사를 씌워준 것인데 그렇게 하면 기온을 낮추는 동시에 방제도 되는 일석이조의 효과가 있다. 한랭사는 배추 잎이 어느 정도 밭을 덮었다 싶을 때쯤 벗겨주면 된다.

나는 작업을 끝낸 배추밭 앞에 쪼그리고 앉아서 담배를 피웠다. 이제부터는 지극정성으로 돌볼 일만 남았다. 우선은 일주일쯤 뒤에 재를 뿌려줄 예정이다. 원래는 밭을 만들 때 재를 뿌리는 게 좋지만 더위에 지친 나머지 깜박하고 말았다. 재에는 작물이 성장하는 데 반드시 필요한 가리 성분이 풍부하게 들어있다. 특히 파 종류는 재를 무척 좋아해서 쪽파농사에는 필수적이다.

이후에는 성장세를 봐가며 오줌과 막걸리를 섞어서 중간중간 골시비를 해줘야 한다. 막걸리는 올해 봄 농사에 처음 웃거름으로 써봤는데 효과가 꽤 좋다. 매실청과 아미노산액비(생선액비)도 삼백 배로 희석해서 보름 간격으로 엽면시비를 해줄 계획인데 이때 자담오일을 함께 사용하면 벌레 피해를 어느 정도 막을 수 있다. 작물에 매실청을 준다고 하면 깜짝 놀라는 사람들이 더러 있는데 사람 몸에 좋은 건 작물에도 좋다.

9월 하순에 배추 포기가 차오르기 시작하면 포기를 살살 펴서 손바닥으로 지그시 눌러주면 배추가 훨씬 잘 자란다. 정확한 이유는 알 수 없지만 짐작건대 공기도 잘 통하고 광합성에 유리하기 때문인 것 같다.

배추농사를 지을 때 주의할 게 있는데 물을 너무 많이 주면 무른 배추를 수확하게 된다는 것이다. 무른 배추는 갓 담가서 먹을 때는 별 문제가 없지만 시간이 지나면 흐물흐물해져서 먹을 수가 없다. 특히 수확하기 한 달 전부터는 가급적 물을 주지 말아야 한다. 나는 가뭄이 심할 때나 한 번씩 물을 댈까, 어지간해서는 물을 주지 않는다. 그래야 작물이 물을 찾아서 뿌리를 깊이 내린다. 뿌리를 깊이 내린 작물은 병충해에도 훨씬 강하고, 맛과 영양과 저장성 면에서도 물을 많이 줘서 키운 작물과 비교했을 때 확연한 차이를 보인다.

그러나 정작 중요한 건 하늘이다. 사람이 아무리 애를 써도 하늘이 보살피지 않으면 그만이다. 그래서 농부들은 무시로 하늘을 살피고 우러른다. 농사도 과학이라는 생각이 널리 퍼져있지만 그보다 중요한 건 자연과의 조화다. 그래서 참된 농부는 자연을 섬긴다. 섬김이 없으면 조화는 사라지고 그때부터 자연은 이익 추구를 위한 대상으로 전락해버리고 만다. 그래서 예년처럼 비행접시 배추를 수확하게 된다고 하더라도 겸허히 받아들여야만 한다. 결코 짜증을 내서는 안 된다. 짜증을 내는 순간 새로움은 사라지고 기존의 질서만 남게 된다. 수확에 연연하는 사람들은 유기농을 부정하고 화학 농법에 의존할 수밖에 없다. 농사의 목표가 수확(이익)에 있기 때문이다.

문제는 아내인데, 이실직고하자면 아내는 애초에 나를 유기농의 세계로 이끈 사람이다. 속이 부글부글 끓게 면전에 대놓고 불퉁거려서 그렇지 속으로는 내가 키운 작물에 깊은 애정을 품고 있다. 비행접시 배추를 대할 때마다 한심하다는 듯 혀를 차는 것도 어쩌면 안타까움의 반어적 표현일지도 모른다.

하지만 아직은 결과를 걱정할 때가 아니다. 지금은 그저 내게 주어진 시간에 최선을 다하고 그 자체를 즐기면 된다.

도대체 쉬운 건 뭐가 있는 거야?

입맛이 씁쓸하다. 배추를 제대로 키워보고 싶은 마음에 그간 닦아온 공력을 십분 발휘했으나 자라나는 꼴이 영 선찮다. 8월 10일에 모종을 정식하고 한랭사를 씌웠을 때만 하더라도 하루가 다르게 쑥쑥 자라나서 속으로 쾌재를 불렀는데 어찌 된 영문인지 한랭사를 벗겨낸 이후부터 성장 속도가 눈에 띄게 둔화되었다.

혹시 밭을 만들 때 석회를 넣지 않아서 그런가 싶어 석회도 뿌려보고 밑거름이 부족한가 하여 배추 사이사이에 퇴비도 한 움큼씩 묻어주었으나 상황은 나아지지 않았다. 가뭄 때문일지도 모른다는 생각에 고랑이 찰랑거릴 정도로 물도 대보았지만 성장세는 살아나질 않았다. 머리를 이리 굴려보고 저리 굴려보아도 도통 원인이 짚이질 않으니 안달을 치게 속이 답답했다. 손쓸 방도 없이 시간만 축내던 9월 초 어느 날, 김장밭을 둘러보던 나는 일찍이 겪어보지 못한 장면 앞에서 우뚝 멈춰 섰다.

밭 가운데 부분을 경계로 배추뿐만 아니라 양배추와 총각무까지 성장세가 확연히 달랐다. 참으로 귀신이 곡할 노릇이었다. 똑같은 양의 퇴비와 웃거름이 들어간 밭에서 자를 댄 듯이 경계를 긋고 생육이 갈리다니, 이리 갸웃 저리 갸웃 도무지 짐작 가는 바가 없었다.

다른 밭을 돌보면서도 궁금증이 머릿속에서 떠나질 않았다. 해거름에 다시 김장밭을 둘러보는데 김장밭 앞에 자리한 생태 뒷간의 그림자가 와락 눈길을 잡아끌었다. 한껏 늘어진 생태 뒷간의 그림자 끝이 작물의 생육이 갈린 경계와 정확히 맞닿아 있는 게 아닌가.

나도 모르게 아, 하고 탄식이 절로 터져 나왔다. 비로소 모든 의문이 풀렸다. 올가을은 유난히 뜨거웠는데 그 탓에 고온 피해를 입은 것이다. 예년 기온이었다면 별 문제 없었겠지만 한여름이나 다름없게 뜨거운 날씨가 연일 이어졌으니 서늘한 기온을 좋아하는 배추와 무가 장해를 입지 않는다면 되레 이상한 일이다. 선선한 생태 뒷간 그늘 속 작물과 뜨거운 땡볕 속 작물의 크기가 확연히 갈린 게 그 사실을 눈앞에서 증명하고 있다.

아뿔싸, 후회를 해봐야 이미 엎질러진 물이다. 욕심을 내어 모종을 일찍 심은 게 화근이 된 것이다. 욕심을 버리자고 해마다 다짐을 해오면서도 스멀스멀 피어오르는 욕심을 마음속에서 몰아내기가 참으로 어렵다. 뜨거운 햇볕 속에서 몸살을 앓았을 배추와 무에게 내심 미안했다.

고심 끝에 고온 장애를 입은 배추를 뽑아내고 농장에 남아있던 배추 모종을 옮겨 심기로 결정을 했다. 작물을 키울 땐 초기 생육이 중요하다. 초기 생육을 놓치면 작물은 제대로 크질 못한다. 초기에 무럭무럭 키워야 힘을 발휘해서 풍성한 수확을 기대할 수 있다.

오십 일 가까이 키워온 배추를 뽑아내고 모종을 옮겨 심자니 참으로 속이 쓰리다. 속이 꽉꽉 들어찬 배추를 얻고자 부린 욕심 때문에 납작하게 퍼진 비행접시 배추를 먹게 된 꼴이다.

내가 중학교 아이들과 함께 돌보는 김장밭을 생각하면 속이 더욱 쓰리다. 8월 말일에 정식을 한 그곳의 배추들은 내 어리석음을 나무라기라도 하듯이 하루가 다르게 쑥쑥 크더니 벌써 속이 들어차기 시작했다. 웃거름을 양껏 먹인 내 밭의 배추들과 달리 아이들 밭의 배추는 웃거름 없이도 폭풍 성장을 했다.

이쯤 되면 첫 결심과 달리 올해 배추농사는 실패한 셈이다. 새로 심은 배추는 비행접시 꼴을 갖출 게 뻔하고 생태 뒷간의 그늘 덕을 본 배추가 노랗게 속이 차면 그야말로 감지덕지다. 절기를 지키지 않은 어리석음이야 전적으로 내 책임이지만 한여름이나 다름없는 가을 날씨만 아니었다면 배추는 그늘과 상관없이 잘 컸을 것이다.

실패의 쓰라림을 훌훌 털고서 고온 피해를 견딘 배추를 다시 돌보면서 농사의 어려움을 절감한다. 매년 피부로 느끼지만 농사는 지으면 지을수록 어렵다. 해마다 기후도 다르고 흙도 다르다. 그런데 농사는 경작 규모나 작물의 종류와 상관없이 일 년에 단 한 번 경험할 뿐이다. 십 년 농사를 지으면 열 번의 경험을 쌓을 수 있지만 매년 다른 환경 속에서 작물들을 돌보기 때문에 열 번의 경험은 제각각일 수밖에 없다. 그래서 평생 농사를 지어온 농부들도 해마다 농사일지를 작성하고 파종 시기가 다가오면 이웃농부들의 움직임을 예의 주시하며 신중에 신중을 기한다. 토양의 상태나 날씨를 수시로 살피면서 일어날 수 있는 모든 변수를 점검한다. 그런 뒤에도 섣부르게 판단하지 않고 이웃농부들이 어떻게 움직이는지 은근슬쩍 넘겨다보며 시기를 가늠한다. 그렇게 신중을 기해도 성공을 장담할 수 없다. 시작과 끝이 모두 하늘에 달려있기 때문이다. 그래서 농사는 몇십 년을 매달려도 매번 새로운 경험일 수밖에 없다. 나를 좇아 텃밭농사를 짓는 재미에 흠뻑 빠진 선배가 한번은 이런 질문을 했다.

"도대체 농사에 쉬운 건 뭐가 있는 거야?"

나는 추호의 망설임도 없이 단호하게 없다고 잘라 말했다. 정말이다. 아무리 곱씹어 생각해봐도 파종에서 수확까지 쉬운 건 단하나도 없다. 오죽하면 자식을 키우는 것과 똑같다는 말이 나왔을까. 내게도 중학생 딸이 있지만 작물을 키우는 거나 자식을 키우는 거나 크게 다르지 않다. 환경에 민감하게 반응하고, 럭비공처럼 어디로 튈지 예측이 어렵고, 그날그날의 상태가 다르며, 무엇보다 내 뜻대로 되지 않는다. 그러니 그저 순간순간 최선을 다한 뒤 기다려야만 한다.

수확을 끝낸 땅콩 잎으로 배추밭에 멀칭을 해주며 기다림을 배우기에는 아직도 멀었다는 생각이 든다. 언제쯤 나는 마음을 비우고 묵중하게 기다리게 될까. 농사가 어려운 가장 큰 이유는 땅을 섬기고 하늘을 받드는 일이기 때문이다. 그러자면 기다림은 필연이다. 그런데도 나는 매번 어리석게 그 사실을 망각하고 슬그머니 욕심을 내세운다. 그 꼴을 보면 나라는 놈은 인간이 되려면 멀어도 한참 멀었다.

농사든 삶이든 끊임없이 성찰하면서 온몸으로 기다리지 않으면 낭패를 보는 건 자명한 사실이다. 그래서 욕심에서 출발한 이번 배추농사가 묵직한 울림으로 마음에 얹힌다.

비록 뒤늦기는 했지만 이제부터라도 배추가 얼마만큼 자랄지 가늠할 시간에 하늘을 향해 깊숙이 머리를 조아리고 볼 일이다, 아주 깊숙이. 그렇게 세월이 흐르다 보면 기다림의 품에 안겨 사람이 될 수 있을지도 모른다. 그래도 끝끝내 기다림을 익히지 못하고 사람 꼴이 아닌 채로 생을 마감하면 어쩌나. 그러면 별수 있나. 다음 생을 기약할 수밖에.

독특하고 발칙한
김장 담그기

    남자들끼리 모여서 김장을 하면 어떨까. 근사한 그림이 나올 것 같다는 예감에 형제나 다름없는 남자들 넷이 뭉쳤다. 우리들의 엉뚱한 결정에 여자들은 킥킥 웃어가며 어디 마음대로 한번 해보라고 선선히 물러섰다. 여자들이 반대를 할까 봐 내심 걱정을 했던 우리는 쾌재를 불렀다.

    어려서부터 보아온 김장 풍경의 주인공은 늘 여자들이다. 남자들은 여자들 곁에서 힘쓰는 일이나 거들다가 완성된 김치에 수육을 곁들여 술잔을 기울이는 게 고작이다. 세월이 훌쩍 흘러 중년이 된 지금도 김장을 진두지휘하는 건 여자들이고 남자들은 여전히 심부름꾼 내지는 보조에 머물러있다. 물론 남녀차별이 많이 줄어들면서 남자들의 역할이 다소 늘긴 했지만 김장을 주도하는 건 어디까지나 여자들이다.

우리는 철학 강사이자 작가로 왕성하게 활동하고 있는 김경윤 형이 운영하는 청소년도서관 '자유'에서 김장을 하기로 결정을 한 뒤 이어진 술자리에서 각자의 역할을 정하고 준비물을 배분했다. 김장이 어쩌고저쩌고 여자들이나 나눌 법한 이야기들이 쉴 새 없이 오가는 속에서 다들 설레는 표정이다.

김장을 하기로 한 날이 다가오면서 우리의 기대감은 더욱 부풀어 올랐다. 얼마나 재미난 이야기가 만들어질지 가볍게 흥분이 되기도 했다. 이윽고 김장하기로 한 날, 우리는 소풍을 가는 아이들처럼 들떴다.

봉일천중학교 아이들과도 김장농사를 지었던 나는 학교 일정에 맞추느라 미리 배추를 수확하는 바람에 집에서 배추를 절여놓은 뒤 도서관으로 넘어가야 했다. 그래도 배추를 수확할 때 김장 봉투에 배추를 차곡차곡 쌓고 소금을 켜켜이 뿌려둔 덕분에 배추를 절이는 게 여간 수월하지 않았다. 예년까지는 배추를 수확한 그대로 집에 가지고 와서 자르고 절이는 바람에 거실이 난장판이 되기 일쑤였는데 이번에는 간수만 부어주면 그걸로 끝이라 깔끔하기가 이루 말할 수 없었다.

일을 마치고 도서관에 도착하니 형들이 장항농장에서 수확한 김장 채소들을 부려놓고 있었다. 나는 곧바로 소매를 걸어붙이고 김경윤 형이랑 배추를 절이기 시작했다. 우리가 배추를 절이는 동안 북 디자이너인 이원우 형과 소설가 정화진 형은 쪽파를 다듬고 양파 껍질을 벗겼다.

배추를 다 절이고 나니 허기가 져서 간단히 요기한 후 다음 날 도서관에 다시 모였다. 김경윤 형과 나는 잘 절인 배추를 도서관 앞마당에서 씻는 일을 도맡았고 이원우 형과 정화진 형은 양념 만들 재료들을 손질하기 시작했다.

남자들끼리 김장을 하는 진풍경에 이웃 노인들이 하나둘 구경을 나왔다. 여기저기서 하하 호호 웃는 소리가 들려오고 잘한다는 둥 한두 번 해본 솜씨가 아니라는 둥 돌아가며 추임새를 넣는다. 지나가는 행인들도 발걸음을 멈춰 세우고 뭔 일인가 하고 기웃거렸다.

그러거나 말거나 우리는 두 어깨에 힘을 팍 주고 일손을 재우쳤다. 구경꾼이 몰리건 말건 우리는 우리가 하는 일에 자부심을 느꼈다. 멀쩡한 가정을 둔 남자들끼리 모여서 여자들을 빼고 김장을 하는 건 아마 우리가 전국적으로 최초일 것이다. 이 얼마나 독특하고 발칙한 발상인가. 이런 일을 계획했다는 자체만으로도 우리는 스스로 기특하고 대견스러웠다.

김장 재료들을 씻고 다듬는 과정에서도 우리는 보람을 느꼈다. 배추와 무와 쪽파와 갓은 말할 것도 없고 마늘과 양파와 생강과 고춧가루까지 모두 우리 밭에서 나왔다. 돈을 주고 산 재료는 소금과 젓갈과 설탕 대용으로 쓴 과일이 전부다. 해마다 고춧가루는 사다가 썼는데 올해는 고추농사가 잘돼서 일 년 먹을 양을 얻었다. 그뿐만 아니라 김장 때 쓰려고 홍고추를 한 상자 따다가 믹서로 갈아서 냉동실에 넣어두기까지 했다. 재료로만 따진다면 자급자족할 준비가 갖춰진 셈이다.

형들이 쪽파와 갓을 잘게 써는 동안 나는 다시마와 고추씨와 파뿌리로 육수를 내고 방앗간에 가서 무와 사과와 배와 마늘과 생강을 갈아왔다. 무는 채를 써는 게 일반적이지만 갈아서 사용하면 속을 바를 때도 편하고 양념도 아낄 수 있는 이점이 있다. 방앗간에 다녀오면 재료 손질이 다 끝나있을 줄 알았는데 워낙에 양이 많다 보니 형들은 칼질에 여념이 없다.

오후에 접어들어서야 모든 재료 손질이 끝났다. 이제 소를 만들 차례다. 식혀놓은 육수에 준비해놓은 재료를 모두 쏟아붓고 까나리액젓과 새우 육젓으로 간을 맞추었다. 완성된 소를 배추 잎에 싸서 먹어보더니 다들 엄지를 쑤욱 추켜세운다. 과일과 양파와 무를 갈아넣은 덕에 설탕 없이도 은은한 단맛이 혀에 감겼고 간 홍고추가 뒷맛을 시원하게 잡아주었다. 아주 흡족하다.

때맞추어 김경윤 형의 수업을 듣는 제자분이 손수 만든 수육과 굴을 싸들고 응원을 왔다. 수육을 절임배추에 싸서 소주와 곁들이니 무릉도원이 따로 없다. 하루의 피로가 단박에 가신다.

우리는 수육으로 든든히 배를 채운 뒤 포기김치를 담그기 시작했다. 소를 바르는 내내 콧노래가 절로 나온다. 손발이 척척 맞으니 그야말로 일사천리다. 팔십 포기의 배추에 소를 바르고 통에 담기까지 두 시간도 채 걸리지 않았다. 뒷정리도 호흡을 맞추니 순식간에 끝났다.

우리는 각자의 몫에서 김치 네 포기씩 덜어내서 새로 한 통을 만들어 따로 빼놓았다. 남자들끼리 김장을 하기로 작정했을 때부터 우리는 세월호 실종자 가족들이 지난한 싸움을 이어가고 있는 팽목항으로 김치를 보내기로 뜻을 모았었다.

차에 김치와 고무통 등속을 옮겨 싣고 나니 전신이 뻐근한 와중에도 기분만은 최고였다. 이틀간 강행군을 하느라 수척해진 몰골에도 표정은 더할 나위 없이 밝다. 우리는 우르르 술집으로 몰려가서 신바람을 내가며 술잔을 부딪쳤다.

우리만의 힘으로 김장을 무사히 끝냈다는 성취감에 다들 목에 힘이 잔뜩 들어갔고 서로의 역할을 무용담처럼 주워섬기느라 술집 안이 시끌시끌해졌다. 옆자리에 손님이 없었기에 망정이지 행여 누가 우리 얘기를 엿들었다면 꼴이 아주 우스웠을지도 모른다. 어쨌건 우리는 밤늦도록 김장 얘기에 심취해서 시간 가는 줄 몰랐다.

다음 날 차에 실어놨던 김치통을 베란다에 부려놓으니 한겨울이 다 든든하다. 배추김치 다섯 통에 파김치와 채김치와 갓김치와 깍두기까지 그야말로 김치 풍년이다. 거기다가 오십 리터들이 항아리에 담은 동치미를 생각하면 겨우내 반찬 걱정은 붙들어 매둬도 좋다.

뚜껑을 열고 맛을 본 아내는 꽤나 만족스러운 눈치다. 그러면서도 남자들끼리 몰려다니면서 도대체 뭔 짓을 하는지 모르겠다고 피식거리며 지나간다.

그래서 생각을 해보았다. 우리는 왜 이런 짓을 돈 버는 것보다 더 좋아하는지. 사실 주변에서 우리더러 푼수에 팔불출이라고 놀려대도 딱히 대꾸할 말은 없다. 더러는 이런 우리를 괴짜로 여길 수도 있다. 우리의 모습이 일반적인 모습은 아니니까. 그런데 우리는 이러고 사는 게 즐겁다.

우리에게는 공통의 꿈이 있다. 오 년쯤 뒤에 시골로 내려가서 마을을 이룬 뒤 서로를 보살피면서 여생을 함께 보내는 게 바로 그것이다.

젊어서는 혼자서 살아남아야 하는 줄 알고 많은 날을 아등바등 죽살이를 쳐왔다. 그런데 먼 길을 돌아온 지금에 와서 보면 사람은 원래 혼자서 살아가는 존재가 아니라는 생각이 든다. 언제부터인가 우리가 서로를 더 많이 보살필 때 더 큰 힘이 나오고 그 힘으로 기적도 행할 수 있다는 생각이 일상 속에 뿌리를 내리기 시작했다. 지나간 이야기지만 우리 넷은 인생에서 가장 힘들 때마다 함께 였다. 그래서 잘 헤쳐올 수 있었다.

조금은 엉뚱해 보이기도 하겠지만 남자들끼리 모여서 김장을 한 것과 같은 독특한 이야기들은 우리에겐 마을을 이루기 위한 예행 연습이자 그 힘을 비축하기 위한 과정이다. 그래서 우리는 내년에도 남자들끼리 김장을 해가며 재미난 이야기를 쌓아나갈 것이다.

텃밭농사를 시작하면서부터 우리 집 식탁에는 매일매일 새로운 이야기들이 생겨났
는데 그 이야기의 중심에는 절기가 있었다. 밭을 만들고, 씨를 뿌리고, 모종을 심
고, 풀을 잡고, 철철이 수확하는 과정이 식탁의 이야깃거리가 되었다. 마트나 시장
에서 먹을거리를 사 나르던 시절에는 절기를 느끼지 못하고 살았는데 제철에 맞춰
장아찌를 담고, 청을 만들고, 묵나물을 만들고, 김장을 하다보니 일상 생활의 상당
부분이 절기에 맞춰졌고 계절에 민감하게 반응했다. 따라서 계절의 맛을 느끼는
것은 극히 자연스러운 일이었다.

2부

○

계절의 맛을 느끼다

검정비닐을
걷자

주말농장에서 농사를 짓는 사람들의 경작 규모는 대략 다섯 평에서 열 평 사이다. 열 평은 도시인들에게 맞춤한 경작 규모다. 잠깐의 수고를 통해서 가족의 건강한 밥상을 챙기고, 밭에서의 이런저런 경험과 협동을 통해서 가족 간의 다양한 이야기를 만들어가기에 열 평은 부족함이 없다. 아울러 그 속에서 자연을 배우고 농부들의 삶을 이해하는 과정을 통해 가치관의 변화를 이끌어내고 삶의 질을 고양할 수도 있다.

그러나 텃밭의 즐거움을 제대로 누리기 위해서는 자연 속에서 자연과 함께 자연스럽게 살아가야만 한다. 덕지덕지 몸에 밴 이기를 한 꺼풀씩 벗겨내고 자연을 닮고자 노력할 때 다람쥐 쳇바퀴

돌 듯하는 일상에 기적을 불러들일 수 있다.

그런데 대다수의 사람은 다섯 평에서 열 평 남짓한 밭에 땀을 뻘뻘 흘려가며 검정비닐부터 덮는다. 검정비닐을 덮는 정확한 의미도 모르면서 일단 덮는다. 즉, 자연을 파괴하는 것으로부터 농사를 시작하는 것이다.

내가 첫 농사를 지었던 장항농장의 사정도 크게 다르지 않았다. 내가 농사짓는 땅 빼고는 대부분 검정비닐을 덮었다. 사람들이 검정비닐을 덮는 이유는 물어보지 않아도 불을 보듯 뻔하다. 밭에 자주 나올 시간이 없다거나 검정비닐을 덮지 않으면 농사를 망친다는 주변의 말을 곧이곧대로 믿거나, 둘 중 하나다.

어느 쪽이거나 결국 풀과 씨름하기 싫어서 비닐을 덮는 셈이다. 이상하게도 주말농장에 나오는 사람들은 풀에 대해 거의 본능적인 공포를 가지고 있다. 태어나서 농사를 단 한 번도 접해보지 않은 사람까지 풀이라고 하면 일단 거부반응부터 보인다.

사실 밭의 주인은 사람도 작물도 아닌 풀이다. 우리가 산에 가서 우거진 풀숲을 보며 편안함을 느끼는 것은 그게 가장 자연스러운 풍경이기 때문이다. 밭은 인위적인 것이고 사람이 그곳에서 농사를 짓는 행위는 풀들의 영역을 침범한 것이나 다름없다. 그런데 자연은 그런 인간을 내치지 않고 하염없이 베풀어주는 반면 인간은 자연을 적으로 간주하고 가차 없이 파괴하려 든다.

이런 얘기를 한다고 해서 밭의 풀을 그대로 둬도 좋다는 뜻은 아니다. 단지 자연의 영역에서 농사를 짓고자 한다면 자연이 무엇인지 알기 위한 노력을 게을리해서는 안 된다는 얘기다. 풀 또한 자연의 일부이니 풀이 무엇인지 알아야 한다.

흔히들 풀을 농사의 가장 큰 적으로 간주하고 제초제와 검정비닐을 동원해 씨를 말리고자 하는데 사실 풀은 땅을 살리는 일등공신이다. 풀은 땅에 숨구멍을 만들어 다양한 생명이 그 속에서 살게 하고 스스로는 거름이 된다. 제초제와 검정비닐을 농사의 혁명이라고까지 일컫기도 하는데 그것은 어디까지나 거대 농약사의 주장일 뿐, 풀이 없는 땅에서는 농업도 존재할 수 없다. 풀이 자라지 않는 곳은 사막뿐인데 사막에서 농사를 지을 수는 없는 노릇 아닌가.

검정비닐을 땅에 덮는 것은 사실 풀을 잡는 게 아니라 땅을 잡는 거나 진배없다. 무릇 모든 생명은 숨을 쉬어야 하는데 검정비닐을 덮어 대자연의 숨구멍을 틀어막는 것은 빈대 잡으려고 초가삼간 태우는 격이다.

검정비닐을 씌우는 또 다른 이유는 습도를 유지해서 작물의 생육을 돕는다는 것인데, 습도를 유지하는 것은 맞다. 그러나 검정비닐을 씌운 밭의 작물들은 뿌리를 깊이 내리지 않는다. 즉, 온실 속의 화초가 되는 셈이다. 뿌리를 깊이 내리지 못한 탓에 비바람에 취약해서 쉽사리 쓰러진다. 그뿐만 아니라 뿌리를 충분히 내리지 못하니 그 작물은 땅속 깊은 곳에 있는 미네랄과 이런저런 미량요소를 제대로 섭취하지 못해서 맛과 향이 떨어질 수밖에 없다. 향이 떨어진다는 것은 병해충으로부터 자신을 보호할 방어 능력이 떨어진다는 얘기다. 식물의 향은 병해충으로부터 스스로를 보호하기 위해 내뿜는 일종의 무기다.

그럼 검정비닐을 덮지 않고 제초할 다른 방법은 없는 것일까. 경험으로 미루어봤을 때 가장 좋은 방법은 낫으로 풀을 베어내서 이랑을 덮는 방법이다. 이랑에 풀을 두툼하게 덮어주면 어느 정도 제초의 효과도 내면서 습도도 유지해주고 그 자체로 거름도 되니 일석삼조의 효과를 얻을 수 있다. 고랑에 부러 풀을 키우는 것도 그래서 괜찮다. 이랑에 덮을 풀을 바로바로 조달할 수 있고, 장마철에는 고랑의 풀들이 수분을 나눠서 먹어주기 때문에 비 피해를 어느 정도 줄일 수도 있다.

신문지로 이랑을 덮는 방법도 있으나 그 또한 이래저래 번거로울 뿐더러 장마가 끝나면 신문지가 녹아서 풀이 자라나는 것은 마찬가지이기 때문에 차라리 낫으로 풀을 베는 게 훨씬 수월하다. 몇천 평에서부터 몇만 평까지 경작하는 전업농들이야 제초를 위한 다양한 방법을 강구해야겠지만 도시농부들은 낫질과 호미질을 몸에 익히는 게 가장 간단하고 손쉽게 풀을 잡을 수 있는 방법이다.

그러나 정말 중요한 것은 생각의 틀을 바꾸는 것이다. 검정비닐을 덮지 않으면 풀 때문에 농사를 망친다는 말에 지레 주눅 들 필요가 없다. 대규모로 단일작물을 키우는 전업농들은 농사를 망칠 수도 있지만 열 평 내외를 경작하는 도시농부에게는 농사를 망친다는 개념 자체가 존재하지 않는다. 오십 평에서 백 평 농사를 짓는 도시농부도 마찬가지다. 단지 소출이 적거나 씨알이 잘 뿐이다.

자연을 거스르지 않는 농법을 지향하는 도시농부들이 시장에서 유통되는 농산물과 동일한 크기의 작물을 생산하는 것은 불가능에 가깝다. 왜냐하면 시장에서 유통되는 농산물 자체가 화학 농법에서 나온 것이기 때문이다.

열 평 내외를 경작하는 도시농부들은 그저 자연에 순응하면서 그 속에서 열심히 땀 흘리고 자연이 내어주면 주는 만큼 감사한 마음으로 수확의 기쁨을 누리면 된다. 왜냐하면 도시농부들은 팔기 위해 농사를 짓는 게 아니라 자신의 삶을 돌보고 가족과 혹은 이웃과 나누기 위해서 농사를 짓기 때문이다.

따라서 주말농장을 시작할 때는 이런저런 풍문에 휘둘리지 말고 먼저 자신만의 철학을 세워야 한다. 도시농부의 농사는 기술이 아니라 철학이다. 경륜이 풍부한 도시농부들이 자신만의 농사법을 정립해서 실천할 수 있는 것도 삶의 철학에 기반을 두었기 때문이다.

살림의 철학을 딛고 농사를 지을 때 농사는 그 자체로 즐겁다. 풀들이 제아무리 무성해도 즐겁다. 왜냐하면 그들과 함께 살아가는 가치와 행복을 몸으로 느낄 수 있기 때문이다.

이상한 풍경들 주말농장에서 만나는

주말농장에 처음 발을 들이는 사람들은 대게가 농사를 먹을거리를 생산하는 정도로 인식하는 것 같다. 물론 틀린 말은 아니다. 먹을거리에 대한 불신과 불안이 해를 거듭할수록 팽배해지는 시절에 직접 재배한 작물로 식탁을 꾸리고자 하는 시도는 그 자체로 권장할 만한 일이다. 하지만 농사가 단순히 먹을거리를 생산하는 게 아닌, 생명을 키우고 살리는 일이라는 걸 간과할 때 우리는 더욱 많은 것을 잃어버릴 수밖에 없다.

어제만 해도 그렇다. 부지깽이가 곤두선다는 농번기, 나는 전날의 피로가 풀릴 새도 없이 아침 일찍 농장으로 나갔다. 주말을 이용해 이백 평 남짓한 텃밭농사를 짓다 보니 그야말로 할 일이 태산이다. 나는 전날 심어놓은 고구마가 잘 활착됐는지 염려되어서 고구마밭부터 둘러보았다. 그런데 가장 먼저 눈에 띈 건 고구마밭에 어지럽게 찍혀있는 수십 개의 발자국이었다. 누군지 정체를 알 수는 없으나 마구 짓밟고 다닌 모양이다. 농장 입구 쪽에 고구마밭을 일궈놓은 게 실수라면 실수다. 살짝 돌아가면 되는데 사람들은 그게 귀찮아서 남의 밭을 마구 밟으면서 가로질러 다닌다. 두둑을 밟고 다니는 사람들에게 두둑을 밟지 말고 고랑으로 다녀야 한다고 일러주면 열에 아홉은 천연덕스러운 얼굴로 뭐 심었느냐고 되묻는다. 되레 기분 나쁘다는 표정으로 노려보는 사람들도 있다. 그러면서도 자기의 밭은 결코 밟는 법이 없다.

한숨이 절로 나온다. 나는 고심 끝에 고구마밭, 네 귀퉁이에 지지대를 박은 뒤 이 단으로 줄을 띄웠다. 줄을 띄우는 마음이 썩 좋지는 않았지만 그냥 두었다가는 고구마밭이 엉망이 될 게 불을 보듯 뻔하다. 쫓아다니면서 두둑을 밟으면 안 된다고 일일이 잔소리를 해댈 수도 없는 노릇이고, 사람들은 얘기를 해도 그때뿐이다. 작물과 풀을 구분할 줄도 모르면서 그저 풀밭이겠거니 여기고서 자기 편한 대로 두둑을 짓밟고 다닌다. 물론 일부가 그러는 거지만 그 피해는 자못 심각하다.

두둑을 밟고 다니는 사람들은 묘하게도 자기 욕심만 앞세운다. 농사에 대해서는 그야말로 까막눈이면서 막무가내로 농사를 짓는다. 작물의 특성이나 절기에 관해서는 관심도 없다. 무턱대고 모종을 사다가 심기만 하면 된다고 생각한다.

지난달에 있었던 일이 대표적이다. 청명 한식을 맞아 잎채소 씨앗을 파종하러 농장에 나갔던 나는 참으로 해괴한 광경 앞에서 아연실색하고 말았다. 고추 모종 열 주가 떡하니 정식되어 있는 게 아닌가. 아무리 절기에 대해 무지해도 그렇지 4월 초에 열매채소 모종이라니, 가히 압권이었다. 당연히 고추 모종들은 사흘 뒤 깡그리 얼어 죽고 말았다. 하도 어이가 없어서 수소문을 해봤더니 그 밭의 주인은 주변 사람들의 만류에도 아랑곳하지 않고 고집스럽게 모종을 심어놓고 사라졌다는 것이다.

이런 일은 해마다 되풀이된다. 빨리 심으면 빨리 따먹을 수 있다는 욕심에 그야말로 눈이 머는 것이다. 씨앗을 사러 종묘사에 갔다가 막상 모종을 보게 되면 하루라도 빨리 밭에 옮겨 심고 싶은 생각이 드는 심정은 충분히 이해할 수 있다. 하지만 모든 일에는 시기와 순서가 있기 마련이다. 그런데도 사람들은 욕심부터 앞세운다. 씨앗 하나, 모종 하나가 다 생명인데 그 생명이 얼어 죽건 말건 관심도 없다. 그중에는 까짓것 새로 사다가 심으면 되지 뭔 상관이냐며 되레 따지고 드는 사람도 있다.

잎채소들은 청명 한식(4월 5일경)을 기준으로 삼아 파종을 하고 나머지 씨앗들은 곡우(4월 20일경)를 기점으로 파종을 하며, 모종들은 입하(5월 6일경)에 맞춰 심는 것은 그 시기가 작물이 자라는 데 적합하기 때문이다. 그런데도 도시의 철부지(계절을 모르는 사람이라는 뜻에서 유래되었다)들은 자연의 이치를 아무렇지도 않게 거스른다.

안타까운 마음에 붙들고서 구구절절 설명해주고 싶어도 도통 들을 생각을 하지 않는다. 그러곤 어김없이 애꿎은 생명을 죽이고 만다. 그렇게 속절없이 죽어 나가는 작물들을 대할 때마다 나는 씨앗 하나, 모종 하나가 생명이라는 생각을 하지 않는 도시의 그 악스러운 욕심 앞에서 참담할 따름이다.

문제는 여기서 그치지 않는다. 농사를 단지 먹을거리를 얻기 위한 수단으로만 인식하는 사람들은 땅을 어떻게 대접해야 좋은지, 작물에 어떤 환경을 만들어줘야 하는지에 대한 고려 자체가 없다.

이웃한 밭들을 잠시만 둘러봐도 잎채소 모종을 어떻게 심어야하는지 단박에 깨칠 수 있다. 그런데도 대충 아무렇게나 심는다. 그런 밭에서는 땅과 작물에 대한 그 어떤 정성과 애정도 느낄 수 없다. 똑같은 초보자라도 겸허한 마음으로 정성을 아끼지 않는 사람들의 밭은 그림처럼 아름답다. 작물을 아이처럼 지극정성으로 대한다.

열매채소의 모종을 심을 때보면 작물에 대한 무관심이 여실히 드러난다. 고추를 비롯한 열매채소들은 나중에 사람의 키만큼 크게 자라니까 사십 센티미터 이상 간격을 두고 심어야 한다고 누차 강조를 해도 나중에 돌아보면 한 뼘 간격으로 심어놓는다. 지켜보는 사람은 작물이 자랄 생각만 해도 숨이 턱턱 막히는데 정작 본

인은 대단히 만족스러운 표정을 짓고 있다.

이런 사람들은 열이면 열, 장마가 끝나자마자 껑충하니 웃자란 풀들을 보곤 농사 힘들어서 못해 먹겠다며 줄행랑을 치고 만다. 그러곤 텃밭 쪽으로는 눈길도 주지 않는다. 수확에 대한 욕심만 있지 수고로움을 감내할 의지 자체가 없는 것이다.

이상하게도 사람들은 텃밭에서 배우고 익힐 궁리를 하지 않는다. 악기 연주가 됐건 다이어트가 됐건 여타의 취미생활이 됐건 자기가 모르는 분야를 접할 때는 돈과 시간과 노력을 아끼지 않고 악착같이 배우려고 기를 쓰면서도 텃밭에만 오면 거저 얻을 생각부터 한다. 씨앗의 파종 시기나 작물을 키우는 방법은 인터넷 검색을 잠깐만 해보아도 쉽게 알 수 있는데 너무나 자연스럽게 무방비로 밭에 나온다. 참으로 안타까운 일이다.

수확만을 위해 텃밭에 나오면 그때부터 농사는 고통스러운 노동이 된다. 텃밭농사를 막 시작한 사람들 가운데는 할 일이 점차 많아지는 절기가 되면 차라리 사다 먹는 게 낫겠다는 말을 하는 사람들이 의외로 많다.

텃밭농사를 처음 시작하는 사람들이 힘들어하는 이유는 근본적으로는 노동으로부터 소외되고 억압받아왔기 때문일지도 모른다. 노동의 주인이 되는 게 불가능한 삶에 길들면 스스로 노동을 한다는 건 당연히 힘들고 어려울 수밖에 없다.

이때 가장 좋은 방법은 주변에서 텃밭농사를 짓는 사람들과 어울리는 것이다. 어울리기만 하면 많은 게 쉬워진다. 처음 텃밭농사를 시작하는 사람들 가운데 상당수는 인사하는 걸 어려워한다. 그저 바람처럼 와서 자기 할 일만 후다닥 해치우고 바람처럼 사라진다. 이쪽에서 먼저 인사를 건네도 쑥스러워하거나 불편한 표정을 짓기 일쑤다. 아파트에서의 삶이 텃밭까지 이어지는 것이다.

하지만 마음의 빗장을 열고 인사 한마디만 건네면 된다. 인사를 나누고, 음식을 나누고, 막걸리를 나누다 보면 누구나 텃밭이 안겨주는 행복을 만끽할 수 있다. 그 행복을 누리는 사람들이 많아진다면 도시도 마을이 될 수 있을 것이다.

먹는다는 것은 무엇일까?

텃밭농사를 짓기 전까지 나는 단 한 번도 먹는다는 것이 무엇인지 질문을 해본 적이 없다. 무엇을 먹든 허기만 면하면 된다고 생각하면서 배꼽시계에 맞추어 그저 먹고 또 먹었을 뿐이다. 식탁 위에 올라온 음식이 어떤 재료로 만들어졌고 양념은 어떤 걸 썼는지, 그 재료는 누가 생산을 하고 어떤 과정을 통해서 우리 집 식탁에 오르게 됐는지 따위는 하등 관심도 없었다. 그저 값이 싸고 양만 푸짐하면 만족스러워했다. 식재료는 어차피 거기서 거기고 결국 음식은 요리하는 사람의 손맛에 달려있다는 생각이 강했기 때문에 맛 이외에는 신경도 쓰지 않았다. 이따금 아내가 건강한 먹을거리를 먹어야 한다며 딴죽을 걸어오곤 했는데 그때마다 나는 가끔가다 불량식품도 먹어줘야 한다, 그런 것 따지는 사람들이 더 일찍 죽더라 하는 식의 주장을 내세웠다. 돌이켜보면 무지도 그런 무지가 없다. 그런 내 무지를 일깨운 것이 텃밭농사였는데 그 출발은 상추로부터 시작되었다.

칠 년이 지난 지금도 나는 최초로 수확한 상추의 맛을 잊을 수 없다. 아무 생각 없이 큼지막한 쌈을 입안에 욱여넣었는데 씹자마자 입이 떡 벌어졌다. 아삭아삭함이 씹는 맛을 더하고 방열한 상추의 향이 입안 가득 번져왔다. 쌉싸래하면서도 달착지근하게 혀에 감기는 맛 또한 아주 다채로웠다. 난생처음으로, 먹는 자체가 행복하다는 생각이 들었다. 양껏 먹은 뒤 나른한 포만감을 느끼거나 특별히 맛있는 음식을 먹었을 때 뿌듯함을 느낀 적은 많아도 먹는 자체에서 행복을 느낀 적은 없었다.

그러나 상추는 시작에 지나지 않았다. 그해에 나는 열 평 남짓한 텃밭에서 삼십여 가지가 넘는 작물을 키웠는데 매번 수확해서 식탁에 올릴 때마다 내 입맛이 기억하고 있는 고정관념을 버려야만 했다. 종류는 달라도 작물들은 하나같이 향이 강렬하고 껍질이 두껍고 육질이 단단하면서 질겼다. 오이를 자르면 집안 전체에 오이향이 퍼졌고, 고추는 감칠맛 나게 매웠으며, 가지는 단단하면서도 쫀득쫀득한 게 씹는 맛이 일품이었다. 대파도 향이 얼마나 강한지 몇 뿌리를 수확해서 트렁크에 실으면 며칠간 차 안에 대파 향이 진동했다. 맛이 다채롭기로 따지면 토마토가 단연 압권이었다. 과육이 단단해서 입안에 넣고 씹으면 퍽, 소리와 함께 터짐과 동시에 새콤달콤하면서도 깊고 진한 맛이 혀에 착 감기는데, 그 맛은 먹어보기 전에는 어떻게 설명할 길이 없다. 집안의 어른들은 옛날 맛이 난다면서 신기해하셨다.

텃밭 작물들 가운데 내가 가장 좋아한 것은 부추였다. 텃밭에서 수확한 작물을 먹을 때마다 나는 이날 입때껏 어느 것 하나 제대로 된 음식을 먹어본 적이 없다는 생각이 들곤 했는데 부추는 내 입맛을 바로 잡는데 일등 공신 역할을 했다. 아삭하면서도 한없이 부드럽고, 그러면서도 방열한 향을 남기고 스르르 녹아서 사라지는 맛이라니. 이제껏 음식은 양념 맛이라고 철석같이 믿고 있었는데 재료 고유의 맛이야말로 최고의 음식이라는 사실이 부추를 먹을 때마다 피부에 와 닿았다.

재료 고유의 맛에 함빡 빠져들면서부터 우리 집 식탁에서는 자연스레 화학조미료가 사라졌다. 화학조미료 특유의 맛과 냄새가 어느 순간부터 역하게 느껴지기 시작했고 때로는 고약하기까지 했다. 언젠가 한번은 밖에서 술을 먹을 때 안주와 함께 나온 겨자 소스가 역하게 느껴져서 주인장에게 소금을 청한 적이 있었다. 딴에는 천일염을 내주겠거니 했는데 주인장이 건넨 것은 맛소금으로 불리는 조미 소금이었다. 예전에 늘 맛있게 먹던 소금이라 무심코 안주에 찍어서 먹었는데 이루 형언할 길 없는 고약함에 진저리가 쳐지면서 그날 술자리 내내 속이 불편했다. 굳이 그날 술자리가 아니더라도 외식을 하다 보면 역한 화학조미료 맛에 자주 이 맛살이 찌푸려지곤 했다. 혹시라도 주변 사람들에게 유난떤다는 눈총을 받을까 봐 티 내지 않고 부지런히 수저를 놀렸지만 자리가 파할 때까지 혀가 불편한 것만큼은 어쩔 도리가 없었다. 아내 또한 나 못지않게 입맛이 민감해져서 가족끼리 외식을 할 때는 화학조미료를 사용하지 않는 음식점을 부러 찾아다녔다. 사정이 그러하다 보니 어느 순간 집안에서 화학조미료가 완전히 자취를 감추었다. 화학조미료가 집안에서 사라지자 아내는 천연 재료만으로 맛을 내기 시작했고 먹는 즐거움은 그만큼 배가 되었다.

해를 넘기고 농사의 내공이 쌓여가면서 나는 자연스레 계절의 맛도 음미하기 시작했다. 봄의 수확물에선 싱그러운 맛이 났고, 여름 수확물에선 강렬한 맛이 났으며, 가을과 겨울의 수확물에선 농익은 맛과 둔중하면서도 깊은 맛이 났다. 텃밭농사를 시작하면서부터 우리 집 식탁에는 매일매일 새로운 이야기들이 생겨났는데 그 이야기의 중심에는 절기가 있었다. 밭을 만들고, 씨를 뿌리고, 모종을 심고, 풀을 잡고, 철철이 수확하는 과정이 식탁의 이야깃거리가 되었다. 마트나 시장에서 먹을거리를 사 나르던 시절에는 절기를 느끼지 못하고 살았는데 제철에 맞춰 장아찌를 담고, 청을 만들고, 묵나물을 만들고, 김장을 하다 보니 일상생활의 상당 부분이 절기에 맞춰졌고 계절에 민감하게 반응했다. 따라서 계절의 맛을 느끼는 것은 극히 자연스러운 일이었다.

텃밭에서 수확하는 모든 작물은 먹을거리가 아닌 풍성한 이야기가 되었고, 우리는 그 이야기를 통해 더욱 돈독해졌다. 경작하는 텃밭이 넓어지고 수확하는 작물이 많아질수록 우리가 공유하는 이야기의 폭도 그만큼 넓어지고 깊어졌다.

그러한 이야기를 통해서 나는 먹을거리는 상품이 아니라는 자각을 얻게 되었다. 이전까지 나는 모든 먹을거리는 돈을 지급하고 구입하는 상품으로 바라보았다. 식료품을 사면서 어떠한 감흥도 느껴본 일이 없다. 그저 일주일 단위의 식단에 맞추어 진열대에서 식료품을 꺼내서 장바구니에 담고 당당하게 돈을 지불하면 그만이었다. 해산물이든, 채소든, 양념류든 내게는 그저 하나의 식재료에 지나지 않았다. 해산물을 취급하는 전문점에 가서도 내 눈앞에서 주인장이 펄펄 끓는 국물에 몸부림치는 문어를 산채로 집어넣는 광경을 보고도 나는 이 집은 좋은 재료를 쓰는구나 하는 생각만 했다. 물론 약간 불쌍하긴 했지만 그건 중요치 않았다. 살아서 꿈틀대는 생물이 내 눈에는 하나의 생명이 아닌, 식재료로 비칠 뿐이었으므로. 그러니 채소는 두말할 필요도 없었다.

그런데 지인들과 함께 텃밭에서 이야기를 만들어 나가면서 밭에서 자라는 모든 식물이 하나의 생명으로 보이기 시작했다. 그 이후로 작물을 수확해서 식탁 위에 펼쳐놓으면 그 작물의 성장 과정과 그 작물을 키운 자연환경과 굵은 땀방울을 훔쳐가며 수고를 아끼지 않은 나의 노동이 더불어 펼쳐졌다. 눈앞에 놓인 작물이

상품이 되기 위해서는 내가 그것을 만들어야 하는데 나는 생명을 키우고 돌보았을 뿐, 무엇을 만든 적이 없다. 그런데 왜 나는 이제까지 모든 먹을거리를 상품으로만 인식했을까. 설사 가공물이라고 할지라도 그건 가공 이전에 자연이 키워낸 생명이고, 누군가의 신성한 노동인 것을. 생각이 여기까지 미치자 이전까지의 삶이 몹시 부끄러웠다.

텃밭농사를 짓고 거기에서 수확한 작물로 밥상을 차리면서 나의 일상은 눈에 뜨일 만큼 변모에 변모를 거듭해왔다. 자연이 차려놓은 밥상에 약간의 수고를 보탰을 뿐인데 나의 일상적 감정과 사고와 행동에 변화의 바람이 살랑살랑 불어왔다. 이전의 내 삶이 추상과 관념에 의존하고 있었다면 텃밭에서 땀을 흘린 이후의 삶은 구체적인 관계와 이야기에 뿌리를 내렸다. 텃밭이 삶의 공간에서 이야기의 샘물이 되어준 것이다. 지난 몇 년간 그 샘물을 마시면서 나는 나의 삶과 사람들과 세상을 이야기 속에서 파악하고 이해하기 시작했다. 이제는 먹을거리 하나도 예사롭게 보이지 않는다. 내가 살아가면서 관계 맺는 모든 것의 총아로 보인다. 친한 사람이라거나 좋은 사람이라는 식으로 막연하게 만나왔던 지인들도 이제는 울고 웃어가며 함께 살아가야 하는 운명공동체로 다가온다.

먹는 것 하나에서 소박하지만 참된 행복을 음미하게 된 일상은 텃밭이 내게 안겨준 선물이다. 따지고 보면 우리가 무엇을 먹는다

는 것은 뭇 생명들과의 공존 그 자체다. 한 끼니의 밥이 우리의 영
성을 파괴할 수도 있고 풍요롭게 할 수도 있다는 생각을 하면 밥
이 하늘이라는 말에 절로 고개가 주억거려진다.

뭇 생명은 다 아는데 우리만 모르는 사실

가을이 깊어가면서 어린이농부학교 삼십 평 논에 황금빛 물결이 일렁인다. 실하게 여문 벼 이삭을 지켜보면서 흐뭇하게 미소 지을 무렵, 참새가 날아들었다. 처음에는 몇 마리 되지 않았으나 며칠 지나지 않아서 수십 마리가 떼를 지어 알곡을 쪼아 먹기 시작했다. 녀석들은 사람이 나타나면 포도동 도망을 갔다가 인기척이 사라지면 여봐란듯이 나타나서 배를 불렸다. 종일 논을 지키고 있을 수도 없고 대략 난감이었다. 그나마 논 가장자리의 알곡만 쪼아 먹는 게 다행이었다. 그러나 가장자리에 먹을 게 없어지자 참새들은 안쪽의 알곡들을 공략하기 시작했다. 정말로 미치고 폴짝 뛸 일이었다.

어린이농부학교의 벼들은 아이들과 함께 손 모내기로 키운 귀한 곡식이다. 손 모내기를 할 때 엄마 아빠와 함께 깔깔대며 즐거워하던 아이들의 얼굴이 아직도 눈에 선하다.

한창 피가 올라올 때는 아이들이 논에 들어가서 피를 뽑았다. 관정으로 퍼 올린 지하수로 논물을 댄 탓에 발이 시린데도 아이들은 고사리손으로 열심히 피를 뽑았다. 흙에 박힌 발을 뺄 때마다 뒤뚱거리는 모습이 피식, 웃음이 나게 귀여웠다. 피뽑기를 마친 아이들은 뿌듯한 얼굴로 논을 바라보았다.

아이들의 사랑을 먹고 자란 벼들은 병 없이 쑥쑥 자랐고 이삭을 달면서 서서히 황금빛으로 물들어갔다. 그런데 복병처럼 참새들이 나타나서 잔치판을 벌인 것이다. 어찌나 얄밉던지. 더욱 괘씸한 노릇은 농장 양쪽으로 시원하게 펼쳐진 논은 거들떠보지도 않고 주야장천 어린이농부학교의 논만을 노린다는 것이다. 이천 평도 넘는 논에 황금빛 이삭이 장쾌하게 넘실거리는데 코딱지만 한 논에서만 포르릉거리다니 빠득, 이가 갈렸다.

헐수할수없이 지지대를 박고 그물망을 치기로 했다. 어린이농부학교 수료식 때 아이들과 함께 벼를 수확해서 거기서 얻은 쌀로 밥도 짓고 떡도 해먹으려면 달리 도리가 없다. 수료식을 위해서 이미 벼훑이(흔히 홀태라고 부른다)까지 준비해두었다. 낫으로 베어낸 벼를 벼훑이에 끼워 쑥 당기면 낱알이 우수수 떨어지는데 이게 아주 오지게 재미나서 애 어른 할 것 없이 그야말로 인기 만점이다. 벼농사의 백미는 벼를 훑는 데 있다고 해도 지나침이 없다. 벼를 훑어봐야 수확의 참된 기쁨을 만끽할 수 있는 것이다.

그물망을 치기로 결정을 하자마자 곧장 작업에 들어갔다. 그물망을 친 뒤 벼를 살펴보니 삼분의 일 정도가 빈 겨만 남았다. 참으로 야무지게도 쪼아 먹었다. 새삼 얄밉고 괘씸하다. 하지만 이제 까딱없다. 우르르 몰려왔다가 그물망 앞에서 당황해할 녀석들을 생각하니 여간 고소하지 않다.

그물망 속에서 벼는 무탈하게 익어갔다. 뻔질나게 드나들던 참새는 그림자도 보이지 않았다. 속이 다 후련하다고 느끼는 순간 뭔가 이상하다는 생각이 들었다.

사위를 휘둘러보아도 참새가 보이지 않았다. 그물망을 친 이후로 참새를 구경한 기억이 없다. 농장 양쪽으로 잘 익은 벼가 탐스럽게 출렁이는데 참새는 그림자도 비추지 않는다. 고개를 갸웃거려가며 의아해하는데 문득 농장 주변의 논들을 숱하게 지나다니면서도 단 한 번도 참새가 논에 드나드는 걸 본 적이 없다는데 생각이 미쳤다.

나도 모르게 아, 하고 탄식이 터져 나왔다. 모든 게 농약 때문이었다. 어린이농부학교의 논에는 농약은 말할 것도 없고 화학비료도 들어간 적이 없다. 덕분에 모내기를 끝낸 논에는 어디에서 왔는지 모르겠지만 소금쟁이와 물방개가 활개를 치고 돌아다녔다. 그뿐만 아니라 해만 지면 개구리가 목청을 높여 울어댔다. 그런데 농장 주변의 논들은 밤이 되면 적막에 휩싸인다. 정상이라면 농장 맞은 편 아파트 단지에서 밤에는 창문을 열어놓고 살 수 없을 정도로 시끄러워야 한다.

비로소 참새들이 어린이농부학교 논에 살림을 차린 이유가 이해되었다. 농약이 생태계를 파괴한다는 사실은 일찍이 알고 있었지만 그렇게 키운 작물을 뭇 생명들이 입에도 대지 않으리라곤 미처 생각하지 못했다. 뭇 생명들이 먹기를 거부하는 것들로 식탁을 차리고 아이들을 키운다고 생각하니 등허리가 서늘했다.

도대체 우리는 무얼 먹고 사는 걸까.

웰빙과 로컬 푸드가 제아무리 유행해도 우리의 식탁엔 이렇다 할 만한 변화가 없다. 치약에 발암물질이 들어있다는 뉴스에는 호들갑을 떨면서 정작 가장 중요한 먹을거리에 대해선 별다른 관심을 기울이지 않는다. 담배의 해로움에 대해선 달달 꿰고 있으면서 농약 범벅인 수입 농산물과 인스턴트식품과 화학 첨가물에 대해선 알려는 시도는커녕 철저하게 무관심으로 일관한다.

영국의 다큐멘터리 가운데 먹을거리를 바꿨을 때 아이들이 어떻게 달라지는지 심층적으로 다룬 작품이 있다. 식품학을 전공한 학자가 영국에서 가장 폭력성이 강하고 산만하기로 유명한 중학교에 가서 급식을 바꾼 뒤 몇 년에 걸쳐서 아이들의 변화를 관찰한 것이다. 그 결과는 놀라웠다. 인스턴트 위주의 식단을 유기농으로 바꿨을 뿐인데 아이들의 폭력성이 현저히 낮아지고 집중력은 놀라울 정도로 향상되었다. 똥통으로 소문난 학교가 몇 년 뒤 명문 중학교로 바뀐 것이다.

우리의 삶에서 먹을거리가 얼마나 중요한지 웅변적으로 보여주는 사례가 아닐 수 없다. 무엇을 어떻게 먹는가에 따라서 우리의 몸은 그에 맞춰 반응하고 적응한다. 그래서 좋은 음식을 먹으면 건강을 유지할 수 있지만 나쁜 음식을 먹으면 우리의 몸은 면역력을 잃어버리고 병마에 시달리게 된다.

몇 년 전 강화도에 있는 모 대안중학교에 취재를 간 적이 있다. 그곳의 아이들은 구멍가게도 없는 시골에서 기숙사 생활을 하면서 아침과 저녁은 손수 지어먹고 점심은 학교급식으로 해결했다. 물론 모든 음식 재료는 강화도에서 나오는 유기농만을 사용했다. 군것질을 할 수 없는 환경 탓에 그곳의 아이들이 삼시 세끼 먹는 양은 실로 어마어마했다.

학교 식당에서 아이들과 함께 밥을 먹으며 햄버거나 피자, 치킨과 같은 인스턴트식품을 먹고 싶은 생각이 들지 않느냐고 떠보았다. 엄청 먹고 싶다는 답을 기대했던 내게 아이들은 고개를 절레절레 가로저으며 털끝만큼도 먹고 싶지 않다는 의외의 대답을 내놓았다. 이유를 묻자 인스턴트식품을 먹으면 속이 부대껴서 견디기 힘들다는 것이다. 신입생 때는 주말을 맞아 집에 가면 인스턴트식품을 무지 밝히지만 일정 시간이 지나면 다들 자연스럽게 거리를 두게 된다는 설명도 덧붙였다.

꽤나 수긍이 가는 얘기였다. 외식이나 군것질이 원천 차단된 환경에서 자연식에 길들면 몸이 나쁜 음식을 거부하는 건 자연스러운 현상이다. 체내에 쌓였던 독소들이 빠져나가면 인스턴트나 화학조미료 근처는 아예 가기가 싫어진다. 속이 부대낄 뿐만 아니라 입안이 바짝바짝 타는 갈증에 시달려야 하기 때문이다. 반면 밭에서 수확한 작물 위주로 식사하면 속도 편하고 몸도 가볍다.

먹는 음식에 따른 몸의 변화를 겪다 보면 자연스레 먹는 것에 대해 근원적 질문을 던지게 된다. 그런 관점에서 보면 참새가 외면하는 먹을거리에 대해서 무지로 일관하는 건 아무래도 이상하다. 농약과 화학비료를 쏟아부어서 뭇 생명들을 내몬, 죽어버린 땅에서 키운 작물을 먹는다는 게 얼마나 섬뜩한 일인지 알지 못한다는 건 모두에게 죄를 짓는 일이다.

어린이농부학교 아이들에게 수확의 기쁨을 안겨주기 위해서 어쩔 수 없이 논에 그물망을 설치하긴 했지만 참새를 미워했던 게 새삼 미안하다. 그렇다고 해서 알곡을 쪼아 먹는 참새를 예뻐할 수는 없지만 녀석들과 더불어 살지 않고서는 우리의 미래는 암울할 수밖에 없다.

참새뿐만 아니라 두루미와 백로와 해오라기가 논에서 마음껏 날갯짓하는 풍경을 그려보는 건 요원한 꿈일까. 알 수는 없지만 그 꿈을 마음껏 꾸고 싶다.

울금주로 마을을 꿈꾸다

　올해에도 참으로 다양한 작물을 키웠다. 얼추 헤아려도 잎채소와 열매채소에 이어 구근작물까지 수십 가지가 넘는다. 그 가운데서 가장 공을 들인 건 울금이다. 농장주인 친구와 둘이서 구십 평 밭에 울금농사를 지었는데 울금이 자랐을 때 그 모습이 실로 장관이다.

　친구와 내가 전례 없이 일을 벌인 것은 순전히 울금주 때문이다. 내가 울금농사를 짓기 시작한 것은 올해로 삼 년째인데 첫 출발은 고양도시농업 네트워크 산하농장인 선유농장에서였다. 당시 나는 특용작물에 관심이 많았다. 이전까진 특용작물에 이렇다 할 관심이 없었는데 나이가 들고 자연스레 주변에 아픈 이들이 늘어가면서 특용작물에 와락 눈길이 꽂혔다. 그로 인해 나는 공동체 구성원들에게 선유농장을 특용작물 전용 농장으로 운영하자는 제안을 했다.

그때 내가 제시했던 작물은 울금과 야콘과 여주와 당조고추였다. 내가 제안을 내놓기 무섭게 젊은 축과 나이 든 축의 의견이 엇갈리면서 갑론을박이 벌어졌고 나중에는 고성이 오가기까지 했다. 성인병을 걱정하며 살아가는 중년들은 쌍수를 들고 반겼지만 사십을 전후한 젊은 축들은 도시농업은 자급 밥상을 목표로 삼아야 한다며 좀체 물러서지 않았다. 지난한 논쟁 끝에 여주와 당조고추를 포기하고 생강과 열매채소의 비중을 늘리는 방향으로 합의를 봤다. 이후로는 일곱 명의 공동체 구성원들이 단 한 번의 부딪침 없이 삼백 평 밭을 똘똘 뭉쳐서 열심히 돌봤고 그 결과 가을 수확이 힘에 부칠 정도로 풍성한 결실을 맛보았다.

그해에 나는 울금주와 울금청을 빚고 울금가루도 내어 요긴하게 썼는데 개인적으로 가장 만족스러운 건 울금주였다. 35도짜리 담금주로 빚은 울금주는 독주라는 생각이 들지 않을 정도로 목 넘김이 부드러웠고 은은하게 번지는 울금 향은 고급스러우면서도 매혹적이었다. 이제껏 참으로 다양한 술을 마셨지만 울금주는 이름 꽤나 날리는 명품주와 견줘도 손색이 없었다. 술에 일가견이 있다고 자부하는 친구들은 술 한 병에 십만 원을 받아도 무리가 없겠다며 엄지손가락을 쑤욱 추켜세웠다. 반면 몸에 열이 지나치

게 많은 사람은 어미 맛도 애비 맛도 없다는 시큰둥한 반응을 보였는데 그건 인삼이 모두에게 좋지는 않듯이 체질과 관계가 있어보였다. 어쨌건 울금주에 대한 주위의 반응은 어느 자리에서나 생색을 내도 족할 만큼 호감 일색이었다. 술을 입에 잘 대지 못하는 여자들도 혀에 착착 감기는 감칠맛이 그만이라며 탐을 냈다.

적잖은 양을 빚었는데도 술은 얼마 못 가서 동나고 말았다. 친구들이 술자리마다 울금주를 들고 나오라고 어찌나 성화를 부려대던지 봄에 개봉한 술이 여름을 넘겨보지도 못한 채 바닥을 보이고 말았다.

작년에도 울금농사를 지었는데 이번에는 공동체가 아닌 개인으로 열다섯 평을 경작했다. 낙엽과 풀 멀칭을 두툼하게 해주고 유박퇴비와 오줌으로 서너 차례 웃거름을 줘가며 지극정성으로 돌본 결과 늦가을에 구십 킬로그램을 수확했다. 씨울금 오 킬로그램이 들어간 걸 감안하면 관행농 부럽잖은 수확이다. 수확하면서 냄새를 맡아보니 상쾌하면서도 맵싸한 울금 특유의 향이 방렬하다.

울금은 줄기와 잎이 누렇게 쇠락했을 때 수확을 해야 향도 짙어지고 약성이 배가되기 때문에 중부지방의 수확 시기는 11월 10일 전후로 맞춰 잡는 게 좋다.

파종할 때부터 한껏 울금주 욕심을 냈던 나는 수확한 울금을 씻으며 절반 이상은 무조건 술을 담기로 마음을 굳혔다. 마음 같아서는 몽땅 술을 담고 싶었지만 유리병과 담금주 구매 비용을 따져

보니 꽤나 부담이 커서 엄두가 나지 않았다. 아쉬움에 입맛을 쩝쩝 다셔가며 수확량의 절반만 술을 담갔는데도 만만찮은 비용이 들었다.

오십 리터의 담금주를 유리병에 콸콸 들이부을 땐 굉장한 부자라도 된 양 아랫배가 든든했다. 거실 한쪽에서 하루가 다르게 노랗게 익어가는 울금주를 바라보고 있노라면 등허리가 뜨뜻해지면서 절로 입꼬리가 말려 올라갔다.

술을 담고 넉달이 지난 올해 봄, 울금을 건져내고 오백 밀리미터 와인병에 담았는데 총 백 병이 나왔다. 맛을 보니 살짝 풋내가 나는 게 두어 달 숙성을 거쳐야 했다. 하지만 감칠이 나서 진득하니 기다리기가 힘들었다. 몇 번 군침을 삼키던 나는 곶감 꼬치에서 곶감 빼먹듯 한 병 두 병 술병을 비워나갔다.

그 와중에 울금주 맛에 반한 몇 명이 여유분이 있으면 사고 싶다는 뜻을 비쳐왔고 장터에 참가해달라는 제의도 들어왔다. 나는 흔쾌히 응했고 울금주 오십 병이 순식간에 팔렸다. 쏟아지는 구매 문의에 나는 울금주 삼십 병을 꽁꽁 감춰두었다. 파는 재미가 쏠쏠하고 꽤나 보람도 있었지만 먹을 것까지 팔아치울 수는 없는 노릇이다.

대신 울금차를 내놓았다. 아내는 내가 만든 가공품 가운데서 울금차를 가장 좋아한다. 울금차는 은은하면서도 깊고, 쌉싸래하면서도 달콤한 맛도 일품이지만 무엇보다 속을 편안하게 만들어준다. 생강차와 만드는 방법이 똑같은 울금차는 담근 지 석달 뒤 울금편을 건져내서 숙성을 시키면 그 맛이 더욱 깊어지는데 이때는 다양한 요리에 활용할 수 있다.

울금차의 인기도 울금주 못지않아서 순식간에 동이났다. 열 병 남짓 남았을 때 아내는 우리 가족이 먹어야 한다며 더 이상 내다 팔지 말라고 단단히 못을 박았다.

더 이상 팔 게 없는데도 울금주나 울금차 판매 문의는 간간이 이어졌다. 그러던 차에 중견 기업을 운영하는 친구가 전량 구매를 할 테니 울금주를 최대한 많이 만들어줄 수 없겠느냐는 제안을 해 왔다. 연유를 물으니 회사에서 행사나 회식을 많이 하는데 소주나 맥주 대신 삶의 이야기가 녹아난 울금주를 쓰고 싶다는 것이다. 또한 연말이나 정초에 선물도 많이 하는데 그것도 울금주로 대체하고 싶다는 얘기를 곁들였다. 나는 고민하고 자시고 할 것도 없이 흔쾌히 응했다. 판매 여부를 떠나서 그냥 고마웠다. 나 때문에 울금주 마니아가 된 친구는 내가 어떻게 농사를 짓는지 좌르르 꿰고 있기에 내 밭에서 나오는 작물 하나하나의 가치를 누구보다도 높이 샀다. 만약에 다른 이가 농사지은 울금을 사다가 술을 담갔다면 그는 울금주가 제아무리 맛있더라도 절대로 그런 제안을 하지 않았을 것이다.

친구의 제안을 받아들인 며칠 뒤 이번에는 단체의 장을 맡은 후배가 찾아와서 울금주로 수익 사업을 해보고 싶다며 곡진한 부탁을 해왔다. 그 마음이 고마워서 이번에도 흔쾌히 응했는데 곰곰 생각해보니 아뿔싸, 농사 양이 녹록지 않았다.

고심 끝에 농장주인 친구에게 사정을 털어놓았고 둘이서 구십 평의 울금농사를 짓기로 결정을 봤다. 이때까지만 해도 우리는 울 금농사를 만만하게 봤다. 사실 우리 둘이 호흡을 맞추면 구십 평 농사쯤 크게 어려울 건 없다. 그러나 할 일이 곳곳에 둥덩산 같이 쌓여있다는 게 문제였다. 오십 평이 넘는 개인 농사를 떠나서 고 양도시농업 네트워크에서 막 출범시킨 어린이농부학교 시설 작업 에 작물공동체 농사까지 합치면 그야말로 일복이 터졌다. 게다가 엎친 데 덮친다고 친구가 관리기로 밭을 만들다 발을 심하게 다치 는 사고까지 당했다.

그렇다고 울금농사를 포기할 수도 없는 노릇, 벗들에게 도움을 청했다. 다행히 벗들은 두말하지 않고 달려와서 일손을 보탰을 뿐 만 아니라 풀매기까지 거들어주었다.

벗들의 도움 없이 칠팔 월 땡볕 아래서 풀과 씨름했을 생각을 하면 상상만으로도 아찔하다. 죽기 살기로 달려들어 어찌어찌 풀 을 잡기야 했겠지만 아마도 뼈가 녹아났을 것이다.

벗들과 함께 세 차례에 걸쳐서 풀을 잡아주고 오줌과 술지게미 로 웃거름을 준 덕분에 울금은 무럭무럭 자라났다. 물론 예년만큼 우람하게 크지는 못했지만 저간의 사정을 감안하면 감지덕지한 일이다.

울금은 고구마보다도 수확이 힘든데 가좌농장으로 교사 연수를 온 선생님 오십여 분이 일손을 보태는 바람에 손도 안 대고 코 푸는 식으로 수확을 끝낼 수 있었다.

그러나 막상 수확을 끝내고 무게를 달아보니 기대치에 한참 못 미쳤다. 원래 목표는 오백 킬로그램 이상이었는데 실제 수확량은 이백 킬로그램이 채 되지 않았다. 수확량이 떨어질 건 울금의 성장세로 미루어 어느 정도 예상을 했지만 그래도 삼백 킬로그램 이상은 나올 줄 알았다. 실망스러운 결과에 입맛이 썼지만 겸허히 받아들이기로 했다.

울금은 생강과 식물로 고온다습한 환경을 좋아한다. 그런데 초기 생육 때 풀에 두 번 치였을 뿐만 아니라 가을 가뭄에 잎이 노랗게 타들어 갈 정도로 심하게 몸살을 앓았다. 고랑에 두어 차례 물만 댔어도 결과는 많이 달라졌겠지만 산적한 일 더미에 등을 떠밀리다 보니 짬을 내기가 쉽지 않았다. 덕분에 웃거름을 주는 시기도 한 박자씩 늦었고 그 또한 수확량에 영향을 미쳤다.

농사는 마음이고 정성인데 부실하게 농사를 지어놓고 풍성한 수확을 바란다면 참으로 염치없는 노릇이다. 우리는 헛헛한 마음을 반성으로 채우고 내년을 기약했다.

울금은 수확도 힘들지만 손질은 더 많은 품이 든다. 흙이 잘 씻겨나가도록 잘게 쪼개서 물에 담근 뒤 고무장갑 낀 손으로 박박 치대야 한다. 그 과정을 최소한 네 번 이상을 반복해야 비로소 안

심하고 가공에 들어갈 수 있다. 세척한 울금은 물기를 말려야 하는데 아파트에 살다 보니 이 또한 만만치 않다.

울금 손질을 끝낸 친구와 나는 항아리에 술을 빚기로 했다. 내가 먹을 거면 대충 뚝딱뚝딱 해치우겠지만 남에게 판다고 생각하니 정성을 다하고 싶었다. 우리는 팔십 리터들이 항아리 네 개를 준비했다. 그런데 보관이 문제다. 친구의 집이나 우리 집이나 마땅한 공간이 없다. 고민 끝에 우리는 농장 하우스 안에 스티로폼으로 항아리 집을 만들어서 보관하기로 했다.

깨끗하게 씻은 항아리의 물기를 뺀 뒤 이십오 킬로그램의 울금을 담은 뒤 오십 리터의 술을 채웠다. 항아리 입구마다 비닐을 씌우고 고무줄로 칭칭 동여맨 뒤 뚜껑을 덮어주는 것을 끝으로 지난한 작업을 끝냈다. 오백 리터의 목표를 채우지 못하고 술을 이백 리터밖에 담그지 못했지만 아쉬움보다는 뿌듯함이 컸다.

이제는 기다리는 일만 남았다. 넉달 뒤에 울금을 건져내서 두 달간 숙성을 시키면 정말로 맛있는 술을 얻을 수 있다. 해마다 유리병에 술을 빚어왔는데 항아리에서 숙성된 술맛은 과연 어떨지 자못 기대가 크다.

항아리에 빚은 울금주는 내게 각별한 의미가 있다. 벗들과 함께 마을을 이루어 자급자족을 실현하는 건 우리의 오랜 숙원이다. 함께 일하고 함께 먹고 살 수 있다면 얼마나 좋겠는가. 항아리에 빚은 울금주는 그 첫 단추다. 올해에는 세 평짜리 여주밭에

서 수확한 여주로 차를 만들어서 오십만 원의 판매고를 올리기도
했는데 이 또한 마을을 꿈꾸는 내게 값진 경험이다. 내가 만든 여
주차를 산 이들은 밭에서 나는 인슐린이라는 여주의 약효보다는
자연을 거스르지 않고 농사를 짓는 이야기에 더 많은 관심을 보
였다. 더 이상 팔 여주차가 없어서 농장주인 친구가 만들어놓은
여주차를 권했더니 살짝 당황한 기색으로 어떻게 농사지은 것인
지 사뭇 진지하게 물어왔다. 나와 똑같은 방식으로 농사를 지었
다는 대답에 이내 표정이 밝아지며 그럼 보내달라고 했다. 전화
를 끊고서 나는 작물을 사고파는 일이 이야기를 공유하는 과정이
란 생각을 했다. 이야기를 공유한다는 건 똑같은 하늘을 우러르
며 꿈을 나누는 것일지도 모른다.

　이제껏 나는 우리 가족이 먹고 벗들에게 나눔 할 위주로 농사
를 지어왔다. 그런데 항아리에 울금주를 빚으며 생각이 조금 바뀌
었다. 내년에는 더 많은 벗과 힘을 모아 농사 규모를 늘려서 적극
적으로 판로를 개척해볼 요량이다. 그렇게 해서 더 많은 이야기를
만들어내고 공유하다 보면 어느 날 문득 우리가 마을을 이루고 있
을지도 모른다.

　소설가로 사는 삶을 좀 더 치열하게 살아내는 것도 중요하지만
마을을 만드는 것도 그에 못지않게 중요하다. 내가 꿈꾸는 문학은
삶 그 자체이기 때문이다. 그래서 나는 농사를 짓는 순간들이 소
설을 쓸 때만큼 행복하고 그 자체로 족하다.

홍고추청으로 즐거운 요리 이야기

TV 방송 가운데 〈잘 먹고 잘 사는 법, 식사하셨어요?〉라는 예능 프로그램이 있다. 시청자가 사연을 보내면 개그우먼 이영자가 방랑 식객 임지호와 함께 사연이 채택된 집에 찾아가서 밥상을 차려주는 프로그램이다. 방랑 식객의 열렬한 팬인 나는 짬짬이 틈을 내어 그 프로그램을 챙겨보곤 하는데 볼 때마다 감탄이 절로 나온다. 난생 보지도 듣지도 못한 음식들이 매우 쉽게 뚝딱뚝딱 만들어지는 광경도 놀랍지만 허준과 어깨를 겨눌 정도로 식물에 대한 해박한 지식과 생명사상에 바탕을 둔 그의 삶은 존경심을 자아내기에 충분하다. 예능 프로그램의 특성상 약간 호들갑스러운 게 거슬리긴 하지만 방랑 식객의 요리를 눈으로나마 즐길 수 있다면 그쯤 아무래도 좋다. 여러 꼭지로 이루어진 이 프로그램에서 내가 주로 눈여겨보는 것 가운데 하나가 방랑 식객이 쓰는 양념들인데 가장 빈번하게 등장하는 양념이 홍고추청이다.

　방랑 식객이 홍고추청으로 맛을 내는 장면을 처음 보았을 때 나는 속으로 씨익, 회심의 미소를 지었다. 그의 음식을 먹어본 사람들은 이구동성으로 태어나서 처음 먹어보는 맛이라며 감탄을 연발한다. 직접 먹어보기 전에는 짐작도 할 수 없는 맛이겠지만 홍고추청을 쓴 음식이 어떤 맛일지는 얼추 짐작이 간다. 작년 가을, 고추밭을 정리하면서 얻은 홍고추로 청을 담아 그 맛을 익혔기 때문이다.

　텃밭농사에서 얻는 즐거움은 일일이 나열하기 힘들 정도로 많지만 그 가운데 빼놓을 수 없는 게 수확한 작물로 청을 만드는 일이다.

　텃밭농사를 짓기 전만 하더라도 우리 가족은 청을 접할 일이 거의 없었다. 청이 무엇이고 어디에 좋은지 관심도 없었을 뿐만 아니라 어머니께서 이따금 보내주시는 매실청이 전부라고 생각하며 살아왔다.

　그런데 텃밭농사에 입문한 이듬해, 경작하는 텃밭의 규모가 두 배로 늘어나면서 슬슬 청에 눈길이 가기 시작했다. 텃밭은 열 평에서 스무 평으로 늘었지만 수확물은 그 곱절로 많아졌다. 일반적인 산수가 텃밭에선 적용되지 않을 때가 왕왕 있다. 뻥튀기처럼 늘어난 수확물은 여기저기 나눔을 해도 남아돌기 일쑤였고 가공 이외에는 달리 답이 없었다.

그래서 눈을 돌린 게 청이었다. 청은 해를 묵힐수록 좋기도 하지만 여차하면 팔 수도 있겠다는 판단이 섰기 때문이다. 그러나 막상 청을 담그려고 하니 살짝 부담감이 없지 않았다. 이럴 때 가장 좋은 방법은 그냥 부딪쳐보는 거다. 그간의 경험으로 미루어보면 굉장히 어려울 것 같아서 부담감이 팍팍 얹히는 일들도 막상 부딪쳐보면 너무나 싱겁게 끝나버려서 어리둥절할 때가 적지 않다. 그럴 때 보면 경험만한 스승은 없는 것 같다.

누누이 느끼지만 청을 만드는 건 정말 간단하고 쉽다. 설탕에 버무려서 이따금 휘휘 저어주면 딱히 신경 쓸 일이 없다. 입구를 한지로 봉하고 발효가 되기만 기다리면 된다. 물론 석달 뒤에 건지를 건져내는 일이 남아있기는 하다. 하지만 건지를 건져내고 나면 더 이상 저어줄 필요도 없고 그 즉시 물에 희석해서 차로 마시거나 요리에 사용할 수 있다. 청 만들기가 어렵다는 사람들도 더러 있는데 아마도 유리병을 사용한 탓이 아닐까 싶다. 줄곧 항아리에 청을 담가온 나는 실패한 경험이 없다. 그게 아니라면 유리병 입구를 밀봉했기 때문인지도 모른다. 청은 발효를 거쳐야 하므로 숨을 쉬어야 한다. 그래서 유리병 뚜껑을 사용하지 말고 한지를 덮은 뒤 고무줄로 묶어주는 게 좋다. 상온에 보관하는 것도 잊지 말고 유의해야 할 점이다.

그러나 가장 좋은 방법은 돈이 좀 들더라도 항아리를 장만해서 청을 빚는 것이다. 항아리를 사용하면 어지간해선 실패할 일이 없다. 그저 시간을 두고 기다리기만 하면 은은하고 깊은 맛의 청을 누구나 얻을 수 있다.

작년에는 울금 수확량이 많아서 팔십 리터들이 항아리 가득 울금청을 담갔었다. 석달 뒤 건지를 건져내니 그 양이 어마어마했다. 청을 담그는 사람들의 가장 큰 고민 가운데 하나가 건지다. 버리자니 아깝고 먹자니 애매한 것이다. 그래서 흔히 건지에 술을 붓곤 하는데 그렇게 빚은 술은 너무 달아서 입에 대기가 껄끄럽다. 하지만 고기를 잴 때는 꽤나 유용하다.

나는 건지를 건져내면 망설이지 않고 조청을 만든다. 조청을 만드는 방법은 아주 간단하다. 물을 자박자박 붓고서 센 불에 한 시간 정도 끓인 뒤 건지를 건져내고 중불에 한 시간 정도 졸여주면 된다. 이때 주의할 점이 있는데 눌러붙지 않도록 간간이 저어주면서 농도를 잘 살펴야 한다. 너무 졸이면 엿처럼 점성이 강해져서 조청으로 쓸 수가 없다. 국자로 떠서 쏟았을 때 되직한 느낌으로 주르륵 흐르면 맞춤하다. 조금 묽은 듯해도 식으면 점성이 강해지기 때문에 조청으로 딱 좋다.

최근 몇 년간 우리 집은 조청을 사본 일이 없다. 건지로 만든 조청은 재료 고유의 맛과 향을 품고 있어서 요리에 사용하면 혀가 즐거워진다. 울금 조청이나 생강 조청은 고기를 잴 때 일품이고 야콘 조청이나 도라지 조청으로 떡볶이를 하면 아주 똑소리가 난다. 가래떡을 찍어 먹어도 그만이다. 꿀이 따로 필요 없다.

이 모든 게 청을 담그기 때문에 누릴 수 있는 호사다. 청을 담근 이후로 설탕 쓸 일이 사라졌다. 요리할 때 설탕 대신 청을 사용하면 느끼한 단맛이 아닌 감칠맛이 혀에 착착 감긴다. 설탕은 오로지 청을 담글 때만 필요하다.

우리 집에는 담근 지 삼 년 지난 청들이 제법 있다. 아내와 나는 아침저녁으로 물에 청을 타서 차로 마신다. 숙취에 시달릴 때 시원한 물에 청을 타서 벌컥벌컥 들이켜면 꽤 효험이 있다. 청을 넣으면 김치가 쉬 무르기 때문에 김장에는 쓸 수 없지만 봄부터 가을까지 그때그때 담가 먹는 김치에 청을 넣으면 그야말로 밥 한 그릇이 뚝딱이다. 미나리처럼 새콤달콤하게 무쳐먹는 나물에도 청을 넣으면 그 맛이 배가 된다.

그러다가 작년 가을에 홍고추로 청을 만들어보았다. 고추밭을 정리하면서 수확한 홍고추의 양이 많지 않아서 유리병에 담았다. 홍고추를 큼직큼직하게 썰어서 설탕에 버무려 병에 넣은 뒤 맨 위쪽을 설탕으로 덮고 한지로 입구를 막아주었다.

한 달 뒤, 닭볶음탕을 할 때 시험 삼아 홍고추청을 한 국자 넣어보았다. 그런데 그 맛이 기가 막혔다. 이제껏 만들어 먹은 닭볶음탕 가운데 최고였다. 국물을 한 숟가락 떠먹어본 아내도 두 눈을 동그랗게 치켜뜨며 엄지를 추켜세웠고 올해 중3이 되는 딸은 닭볶음탕 장사를 하면 떼돈 벌겠다며 은근히 나를 째려보았다. 아빠가 식당에 뜻이 없음을 번연히 알면서도 내가 해준 음식이 제 입맛에 맞을 때마다 으레 하는 버릇이다.

그로부터 얼마 뒤 떡볶이에도 홍고추청을 한 국자 넣어보았다. 단지 고추장과 홍고추청만 넣었을 뿐인데 어떻게 그런 맛이 나는지 이해가 가지 않을 정도로 감칠맛이 났다. 이제까지 이런저런 청을 만들어서 다양하게 써왔지만 매콤한 음식에는 홍고추청이단연 으뜸이 아닐까 싶다. 과장으로 느껴질지 모르겠지만 홍고추청을 써본 뒤로 신세계에 눈을 뜬 기분이다.

방랑 식객이 〈식사하셨어요?〉에서 홍고추청을 쓸 때 내가 빙그레 미소를 지었던 이유도 바로 그 때문이다. 출연진들이 태어나서 처음 먹어보는 맛이라고 감탄을 연발할 때 나는 진작부터 그 맛을 알고 있었다는 짜릿한 쾌감 앞에서 어찌 웃지 않을 수 없겠는가.

올해에는 예년보다 고추를 많이 심을 계획이다. 순전히 홍고추청을 얻기 위함이다. 홍고추청의 맛을 알고 나니 차라리 고춧가루를 덜 내고 청을 더 많이 담갔어야 했다는 아쉬움이 크다. 작년에는 고추를 오십 주 심었는데 올해에는 백 주쯤 심어서 홍고추청을 오십 리터들이나 팔십 리터들이 항아리에 담고 싶다. 판매할 생각이 아예 없는 것은 아니지만 그보다는 홍고추청의 맛을 널리 알리고 싶다는 마음이 더 크다. 좌우지간 이런 맛은 널리 알려야 한다.

농사를 시작하기 전에 나는 홍고추청으로 돼지 불고기를 푸짐하게 차려놓고 벗들을 불러 울금주를 진하게 돌릴 생각이다. 살기 힘들 때 맛있는 음식만한 위로는 없다. 땀 뻘뻘 흘려가며 맛나게 밥 한 그릇 뚝딱 해치우고 나면 세상이 좀 만만하게 보이기 마련이다. 새해 벽두부터 담뱃값이 오르고 조만간 술값까지 오를 거라는 흉흉한 소문이 떠도는 참으로 뭣 같은 시절, 못난이들끼리 어울려 맛난 음식 나누면 세상 견디기가 한결 낫지 않겠는가.

→ 아파트 베란다에서 자가 채종한 여주 씨앗으로 손수 모종을 냈다. 직접 모종을 내면 농사에 대한 애정이 한층 도타워진다.

→ 관정을 파면서 부은 콘크리트에 떨어졌던 씨앗이 싹을 틔웠다. 한순간 아뜩하다. 생명이란 이렇게 무서운 것이다.

→ 벗들과 함께 봄 농사를 준비한다. 이맘때가 가장 설렌다. 겨우내 몸을 쓰지 않아 일이 힘에 부치지만, 마음은 즐겁기만 하다.

→ 터미네이터라고 불리는 후배가 관리기로 밭을 갈고 있다. 밭에서는 일 잘하는 사람이 가장 멋있다.

→ 해마다 3월 20일을 전후해서 시농제를 지낸다. 농사가 잘될 수 있도록 보살펴달라는 기원의 뜻도 있지만, 자연을 헤치지 않고 자연과 더불어 살겠노라는 다짐의 자리이기도 하다.

→ 마늘밭과 양파밭에 겨우내 아파트에 모아두었던 오줌을 희석해서 웃거름을 주고 있다. 웃거름으로는 발효된 오줌이 최고다.

→ 일산중학교 텃밭동아리 아이들도 봄 농사를 시작한다. 텃밭에서 만나는 아이들은 그 자체로 하나의 새싹이다.

→ 가뭄이 극심한 봄날, 걱정을 부여잡고 일산중학교 텃밭에 나갔는데 못보던 팻말이 꽂혀있었다. 팻말을 보는 순간 기도하는 마음으로 팻말을 만들었을 아이의 마음에 그 자리에 붙박이고 말았다. 저런 마음을 가진 아이들에게 우리들은 도대체 무슨 짓을 하고 있는 것일까.

→ 자색 양파가 싹을 내밀었다. 왕겨와 낙엽만으로 보온 작업을 해주었는데 겨울을 너끈히 나는 모습이 경이로울 따름이다.

→ 흙을 살리기 위해 농기구만으로 밭을 일군다. 불가피하게 기계의 힘을 빌릴 때도 있지만 특별한 사정이 없는 한 농기구로 밭을 만든다.

→ 농사를 시작하기에 앞서 생태 뒷간부터 짓는다. 덕분에 이제는 생태 뒷간 전문가가 다 되었다.

→ 여름 수확의 백미는 뭐니뭐니해도 수박이다. 수박 귀신인 딸이 맛있게 먹는 모습을 보노라면 힘겹게 농사지어온 피로가 한 방에 가신다.

→ 초여름, 끝물 딸기가 한 보따리다. 풀과 함께 자란 딸기라 그 향이 방렬하다.

→ 도시농부에게 꼭 권하고 싶은 게 양파농사다. 저장성도 너무나 달라서 우리 집은 아파트 베란다에 양파망을 걸어놓고 봄까지 먹는다.

→ 울금밭이 풀 천지다. 낫으로 베거나 뽑아내서 그 자리에 풀 멀칭을 하는데 뜨거운 햇볕에 뼈가 녹는다. 이럴 땐 농사를 업으로 삼은 분들이 눈에 밟힌다. 우리가 삶을 이어갈 수 있는 게 그분들의 노고 때문이란 걸 모두가 마음에 새겼으면 좋겠다.

→ 6월 초 어린이농부학교 아이들과 함께 삼십 평 논에 모내기를 했다. 비록 면적은 좁지만 모를 심고 피살이를 하고 수확까지 아이들이 두고두고 즐거 워했다.

→ 우렁이가 사방에 알을 깠다. 농약을 치지 않으니 물방개부터 개구리와 소금쟁이까지 맘껏 활개를 치고 다닌다. 어디서 몰려온 것인지 알 길은 없지만 고맙고 또 고마운 일이다.

→ 아이들과 농사짓는 일은 매번 즐겁고 행복하다. 반짝반짝 집중하는 눈망울들이 이루 말할 수 없이 사랑스럽다. 훗날 어른이 되었을 때 좋은 추억으로 떠올릴 수 있다면 그 자체로 족하다.

→ 고추를 오십 주 심어서 손수 만든 건조대에서 무시로 말린다. 어렵기로 정평이 난 고추농사에서
일 년 먹을 고춧가루를 얻었으니 뿌듯하기가 이루 말할 수 없다.

→ 씨감자 삼 킬로그램을 심어서 육십 킬로그램을 수확했다. 관행농 부럽잖은 수확이다. 덕분에 하지
에 수확한 감자를 2월까지 먹었다.

→ 배추와 무와 쪽파가 가을 햇살 아래 무럭무럭 자라고 있다. 하루가 다르게 성장하는 작물을 보고 있노라면 작물이 도란도란 말을 걸어온다. 그렇게 대화를 나누다 보면 근심과 걱정이 봄눈 녹듯 사라진다.

→ 공동체 회원들과 함께 마늘과 양파 심을 밭을 일군다. 입에서 단내가 나도록 고된 작업이지만 동시에 행복하다. 더욱 많은 사람과 텃밭에서의 행복을 나눌 수 있다면 더할 나위 없이 좋겠다.

→ 수확을 끝낸 땅콩 잎으로 배추밭 멀칭을 해주었다. 자연에서는 버릴 게 하나도 없다.

→ 당근을 수확했다. 오줌을 희석해서 두어 차례 웃거름을 주었을 뿐인데 정말 잘 자라주었다.

→ 공동체 회원들이 토종 흰들깨를 털고 있다. 고소한 들기름을 얻을 생각에 다들 힘든 줄을 모른다. 이 맛에 농사를 짓는다며 환하게 웃는 얼굴들이 가을 햇살처럼 넉넉하다.

→ 일산중학교에서 열린 바자회에 참여해서 농산물과 가공물을 판매했다. 지역에서 손수 재배한 유기농산물이라 그런지 반응이 뜨거웠고 도시농업을 알리는 뜻깊은 자리였다.

→ 서울의 초등학교 아이들과 함께 김장농사를 지었다. 갓 뽑아낸 무를 치켜들고 환히 웃는 아이들의 얼굴이 정말로, 꽃보다 아름답다. 저 아이들을 위해서라도 더 열심히 살고 더 열심히 세상에 맞서고 싶다.

→ 공동체로 벼농사를 지은 회원들이 낫으로 벼 수확을 끝낸 뒤 논바닥에 둘러앉아 음식을 나누고 있다. 세상에서 가장 맛있는 음식은 오순도순 둘러앉아 웃음꽃을 피우며 먹는 음식이다.

→ 농사일을 마치고 문득 우러른 하늘에 오리 떼가 날고 있다. 아, 계절이 지나간다.

→ 가을이 깊어지면서 작물들이 하나둘 쇠락의 길을 걷는다. 그 모습을 지켜보면 쓸쓸하고 애잔하다. 아마 우리의 인생도 그러할 것이다.

→ 어린이농부학교 논에 농약과 화학비료를 치지 않았더니 참새 떼가 알곡을 사정없이 쪼아 먹는 바람에 할 수 없이 그물망을 쳤다. 참새들에게 내심 미안하다.

→ 가을에 뿌려놓은 뿔시금치에 첫 서리가 내렸다. 비로소 겨울이란 게 실감이 난다. 마늘과 양파와 함께 혹독한 겨울을 견딜 시금치를 보니 우리도 이 겨울을 잘 건너갈 수 있다는 믿음이 생긴다.

→ 한겨울을 대파가 온몸으로 견디고 있다. 나 역시 대파와 똑같은 마음으로 꿈을 붙들고 있다. 봄은 아무리 멀리 있어도 반드시 온다.

→ 구청 청소과에 부탁해서 낙엽을 받았다. 흙 살리기에는 낙엽만한 게 없다. 둥덩산처럼 쌓아놓은 낙엽을 보고 있으면 한 해 농사가 든든하다.

→ 드디어 울금을 수확할 때가 되었다. 흔히 울금농사는 남부지방에서만 짓는 줄 아는데 중북부지방에서도 울금은 잘 자란다.

→ 마늘밭과 양파밭이 눈이불을 덮었다. 재작년까진 양파밭에 비닐 터널을 만들어줬었는데 이후로는 왕겨와 낙엽만으로 보온을 해준다. 그래도 까딱없다.

→ 수확한 울금을 깨끗이 씻은 뒤 편을 썰어 청을 만들었다.

→ 멀쩡하게 가정을 둔 남자들끼리 김장을 했다. 여자들에게 맡겨두었던 김장을 남자들끼리 하는 재미가 꽤나 쏠쏠하다. 남자들이여, 파이팅!

→ 장항습지에서 꽁꽁 언 한강을 마주대하니 사나운 바람이 온몸을 베고 지나간다. 춥다. 하지만 견딘다. 봄이 어디쯤 오고 있을지 알 길은 없지만 기다리면 반드시 온다. 그래서 이 겨울을 견딜 수 있다.

텃밭에서 아이들과 놀다보면 비실비실한 아이가 '짱'에게 지시를 내리는 광경을
자주 보게 된다. 체구가 아무리 작아도 일머리가 좋으면 자연스레 또래들을 이끌
게 되고 아이들은 기꺼이 그 지시에 따른다. 경쟁 관계에서는 상상도 할 수 없는
일이지만 텃밭에서는 지극히 자연스러운 일이다. 공부를 잘하건 못하건, 싸움을
잘하건 못하건 텃밭에서는 별다른 의미가 없다. 성실하게 일하는 게 최고의 미덕
이다. 한여름 땡볕 아래서도 아이들이 열심히 일하는 모습을 보면 녀석들도 그 사
실을 알고 있다는 생각이 든다.

3부

○

그렇게 변화는 시작되었다

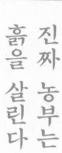

진짜 농부는 흙을 살린다

하지에 맞춰 감자를 수확할 계획이었는데 도저히 일정을 맞출 수가 없어서 오늘 감자를 캐기로 결정했다. 여섯 평 감자밭 앞에 서니 감개가 무량하다. 비록 면적은 좁지만 무릎 위까지 자란 줄기들이 밭을 무성하게 뒤덮어서 수확에 대한 기대감이 그 어느 때보다 높았다. 엄지손가락 굵기의 줄기를 보니 감자가 꽤나 잘 달렸을 것 같다. 수건을 목에 두르고 밀짚모자에 쿨토시까지 중무장을 한 채 호미를 쥐고 두둑 앞에 앉았다. 감자를 캐기 전 심호흡을 했다. 호미를 쥔 손에 가벼운 긴장감이 흐른다.

재작년에 이어 작년까지 내가 지어온 감자농사는 어디 가서 말도 꺼낼 수 없게끔 엉망이었다. 두 번 다 어쩔 수 없는 사정이 있었지만 연속으로 감자농사를 실패한 기억은 꽤나 아프게 각인이 되어서 두고두고 입맛이 썼다.

재작년에는 구산농장에서 감자공동체를 꾸려서 삼백 평 밭에 감자농사를 지었다. 그러나 수십 년 만에 찾아온 극심한 봄 가뭄이 연일 이어지면서 감자농사에 짙은 먹구름이 꼈다. 구산농장에는 관정이 없는 탓에 가뭄이 오면 그야말로 속수무책이다. 일기예보는 번번이 어긋나고 하늘만 우러르는 속은 그야말로 까맣게 타들어 갔다. 그러나 하지가 될 때까지 비는 단 한 방울도 내리지 않았다. 수확하러 모인 공동체 회원들의 얼굴은 애써 웃음을 지으면서도 어두운 기색이 고스란히 드러났다.

짝을 이뤄 수확하는 곳곳에서 한숨 소리가 들렸다. 예상대로 수확량이 형편없었다. 제대로 자라지 못한 감자 줄기를 뽑아내고 호미질을 해보면 한두 알의 감자만 들어 있기 일쑤였고 그나마도 조림감자가 태반이었다. 전업농 같으면 수확이고 뭐고 간에 밭을 갈아엎기 딱 좋게 생겼다. 그래도 애써 기운을 내가며 일손을 재우쳤다. 그렇게 해서 삼백 평 밭에서 수확한 감자의 무게를 재보니 이백 킬로그램이 조금 넘었다. 씨감자 백오십 킬로그램을 심어서 이백 킬로그램 남짓한 감자를 수확하다니 너무 허망해서 웃음도 나오지 않았다. 그러나 누구를 원망할 수도 없고 원망할 곳도 없었다.

작년에는 가좌농장에서 혼자 열 평 밭에 감자농사를 지었다. 구산농장에서의 아픈 기억을 떠올려가며 온갖 정성을 다 기울였다.

다행히 다달이 두세 번씩 비가 흡족하게 내려주어서 내심 기대감이 컸다. 열심히 풀을 잡고 북을 줘가며 웃거름으로 오줌액비도 듬뿍 넣어주었다.

그런데 어찌 된 영문인지 감자가 좀체 크지를 못했다. 수확 시기는 다가오는데 감자 줄기가 영 부실했다. 불길한 예감이 스멀스멀 등줄기를 타고 올라왔다. 할 수 있는 모든 걸 다 했는데 감자가 자라지 못하는 이유를 도무지 알 수가 없었다. 그러다가 수확 때가 되어서야 그 이유를 확연히 깨닫게 되었다. 감자를 수확하기 위해 호미질을 하는데 흙이 어찌나 딱딱한지 콘크리트나 다름없었다. 호미로 흙을 찍으면 텅, 텅, 소리가 나면서 호미 날이 튕겨 올라왔다. 두 손으로 체중을 실어서 힘껏 눌러야 호미 날이 겨우겨우 흙을 파고들었다.

새로 만들어진 가좌농장은 원래 논이었던 자리에 객토해서 물 빠짐도 좋지 않고 흙 또한 척박하기 그지없었다. 끙끙거리며 호미질을 할 때마다 구산농장의 기억이 떠올랐다. 감자가 한두 알씩밖에 달리지 않은 데다 굵은 감자는 가뭄에 콩 나듯 했다. 돌처럼 단단한 흙을 호미로 파헤치자니 입에서 단내가 절로 나왔고 손목이 시큰거렸다. 결국 열 평 밭에서 감자를 수확하는데 꼬박 한나절이 걸렸다. 그렇게 해서 얻은 감자가 십 킬로그램이었다. 여덟 배에서 열 배까지 수확해야 정상인데, 오 킬로그램의 씨감자를 심어서 십 킬로그램의 감자를 얻다니, 차라리 한 편의 코미디를 찍는 기분이었다. 그러나 상심은 크지 않았다. 오히려 올 한 해 흙을 잘 살려서 내년에는 제대로 농사를 지어보자는 결심을 굳히게 되었다. 가뭄이야 하늘의 뜻이지만 흙은 정성을 기울이면 얼마든지 기름지게 바꿀 수 있다.

그리고 해가 바뀌었다. 검정비닐과 화학비료와 화학농약을 철저하게 배격하고 낙엽을 덮어가며 농사를 지은 결과 가좌농장의 흙은 몰라보게 좋아졌다. 황토색이 갈색을 띠기 시작했고 숨구멍이라곤 찾아볼 수 없게 차졌던 흙이 몽글몽글해졌다. 그뿐만 아니라 온갖 종류의 곤충들이 흙을 헤집고 돌아다녔다. 나는 한껏 기대를 품고 여섯 평 밭에 삼 킬로그램의 감자를 심었다. 흙이 보드라워져서 농사를 짓기가 한결 수월했다. 친구가 감자밭에 완두콩을 사이짓기하면 감자가 잘아진다고 만류를 했지만 나는 감자 사이사이에 완두콩을 심었다. 재작년이나 작년보다 작황이 좋으면 아무래도 상관없다는 기분이었다. 두 해나 조림감자를 물리도록 먹다 보니 감자의 크기쯤 그다지 신경이 쓰이지 않았다.

틈틈이 풀을 잡아가며 감자 고랑에 낙엽을 두툼하게 깔았다. 흙이 살아났기 때문일까, 감자가 자라는 속도가 예년과는 확연히 달랐다. 초봄에 가뭄이 들었을 때에는 관정에 연결된 호스를 끌어다가 고랑에 물을 두 번이나 채워줬다. 꽃이 피기 시작했을 즈음에는 오줌액비에 막걸리를 섞어서 웃거름으로 주었다. 고랑에 물을 채워주고 웃거름에 막걸리도 섞었겠다, 감자 줄기가 숲을 이루기 시작했다. 거의 허벅지 높이까지 무성하게 자란 감자밭을 대할 때마다 기대감이 부풀어 올랐다. 불안감은 눈곱만큼도 들지 않았다. 나는 이따금 감자 위로 솟아난 명아주나 뽑아주면서 마음을 푹 놓았다. 북이라도 한번 주고 싶었지만 두 줄로 심어놓은 감자가 워낙에 무성하게 줄기를 드리워서 북 줄 재간이 없었다. 북 줄 일도 없겠다, 이따금 감상만 할 뿐 감자밭에선 더 이상 할 일이 없었다. 완두콩도 훌쩍 자라서 띄워놓은 줄을 잡기 시작했기 때문에 그 역시 손 갈 일이 없었다.

감자밭 앞에서 숨을 고른 뒤 호미로 흙을 파기 시작했다. 첫 호미질에서부터 아, 하는 감탄사가 터져 나왔다. 큼직큼직한 감자가 무더기로 쏟아지기 시작한 것이다. 한 주에 큼직한 감자가 대여섯 개씩 나왔고 조림감자는 어쩌다 나왔다. 호미질할 때마다 감자가 쏟아져 나오니 신바람이 절로 났다. 풍성한 수확의 기쁨도 기쁨이지만 작년에 흙을 살려야겠다고 다짐했던 결심이 결실을 보았다고 생각하니 기쁨이 배가 되었다.

얼치기 농부는 풀을 키우고 일반 농부는 작물을 키우지만 진짜 농부는 흙을 살린다는 옛말이 있다. 흙이 살아나면 흙에서 살아가는 모든 생명이 충만한 생명력을 띄기 마련이다. 그런데 관행농법을 따르는 사람들은 결코 그 말을 믿지 않는다. 직접 목격을 하고서도 관행농법을 답습해가며 계속해서 흙을 죽여 나가는 어리석음을 되풀이하는 것이다. 한두 해만 고생하면 건강한 밭을 만들

수가 있는데 그 기간을 견디지 못한다.

　수확을 마친 뒤 무게를 재보니 오십오 킬로그램을 찍었다. 계산을 해보니 씨감자의 열여덟 배나 되었다. 일반적으로 유기농에서는 감자의 수확량이 여덟 배 안팎이고 관행농은 스무 배 정도 수확을 한다. 그런데 열여덟 배나 나오다니 스스로도 믿기지 않았다. 땅심이 좋아졌다고는 하나 가좌농장의 흙은 아직도 척박한 편이다. 가뭄을 타지 않도록 물을 제때 대주고, 낙엽으로 고랑을 덮고, 두어 차례 풀을 잡아주고, 오줌에 막걸리를 섞어서 웃거름으로 준 모든 걸 감안해도 납득이 안 가는 수확량이다.

　감자를 트렁크에 싣고 집으로 돌아오는 내내 입에서 미소가 떠나질 않았다. 감자가 그들먹하게 담긴 상자를 집안으로 갖고 들어가니 아내가 깜짝 놀란다. 그 모습에 나는 의기양양이다. 감자를 베란다에 내놓으며 한참을 그 앞에 쪼그려 앉아있었다. 그러곤 올해에도 열심히 흙을 살려야겠다는 결심을 했다. 농사의 근원인 흙을 살리지 않으면 농업의 미래도 없다. 우리와 아이들의 미래가 모두 흙에 달린 것이다.

여주농사 한번 제대로 지어보겠다고 단단히 벼르고서 직접 채
종한 씨앗으로 한 달 남짓 공을 들여 모종을 냈다. 뿌리가 쉽게 나
올 수 있도록 돌처럼 단단한 씨앗의 끝을 손톱깎이로 잘라내고 한
나절 물에 불렸다가 젖은 수건에 싸서 일주일이 넘도록 수분을 유
지해주었더니 하나둘 껍질 사이로 뿌리를 내밀기 시작했다. 발근
이 시작된 씨앗을 모종 포트에 옮겨 심은 뒤 베란다에서 지극정성
으로 돌보았다. 날마다 물을 주고 볕 좋은 날이면 창문을 활짝 열
어서 바람이 한껏 통하도록 세심하게 배려를 했다. 그러나 싹은 좀
처럼 올라오지 않았다. 초조해하지 말자고 스스로를 다독이며 기
다리길 삼 주, 마침내 싹이 올라오기 시작했다. 껍질을 상토 위로

밀어내며 머리를 내민 떡잎은 하루가 다르게 본 잎을 키워나갔다.

자라나는 모종을 지켜볼 때마다 여주농사에 대한 기대감도 함께 부풀어 올랐다. 작년에 심었던 울금과 함께 여주는 올해 각별히 마음을 쏟는 주력 작물이다. 밭에서 나는 인슐린으로 알려진 여주는 당뇨병 환자에게 탁월한 효능을 보이는 박과 식물이다. 내가 올해의 주력 작물로 여주를 선택한 이유도 가족이나 벗들 가운데서 당뇨 판정을 받은 사람이 여럿 있기 때문이다. 여주청이나 여주차를 만들어서 일부 팔기도 하겠지만 대부분은 나눔을 할 생각이다. 주력 작물이라곤 하지만 다섯 평에 사십 주의 모종을 키울 예정이라 양이 많지는 않겠지만 그래도 나눔을 하기에는 모자람이 없을 것이다.

쑥쑥 자라는 여주 모종에 무시로 눈길을 주며 나는 손꼽아 입하(양력 5월 6일경)를 기다렸다. 열매채소 모종은 여름이 시작되는 입하 이후에 심어야 피해가 없다. 많은 도시농부들이 곡우(양력 4월 20일경)가 되기도 전에 열매채소 모종을 밭에 내다 심는데 이는 농사를 망치는 것을 떠나서 멀쩡한 생명을 얼려서 죽이기로 작정한 것이나 매한가지다. 요행히 이상고온으로 서리를 피했다손 치더라도 생명에 해서는 안 되는 몹쓸 일인 것만은 분명하다.

4월 하순부터 이어지던 초여름 날씨가 5월까지 쭉 이어지는 것을 유심히 지켜본 나는 5월 4일에 정식을 하기로 했다. 밭으로 내가기 위해서 튼실한 놈들로 여주 모종을 추리고 있는데 농사의 농자도 모르는 아내가 좀 더 키워서 심는 게 좋을 것 같다며 생전 안 하던 참견을 하고 나섰다. 별스럽다는 생각이 들긴 했으나 절기상 별문제가 없기도 하거니와 바쁜 일정 탓에 따로 시간을 내기도 뭣해서 아내의 말을 무지르고 여주 모종을 밭으로 내갔다.

농장에 도착한 나는 육십 센티미터 간격으로 구덩이를 파서 유박퇴비를 한 삽씩 떠넣은 뒤 여주 모종부터 심기 시작했다. 물을 흠뻑 먹인 구멍에 여주 모종을 하나하나 정성스럽게 내려놓을 때마다 입속말로 잘 자라달라는 기도를 했다.

부지런히 일손을 놀렸는데도 모종 가게에서 사온 열매채소 지지대의 줄 띄우는 작업까지 끝내려면 그야말로 하루해가 빠듯했다. 그런데 해가 뉘엿뉘엿 이울 무렵부터 기온이 뚝 떨어지면서 바람까지 세차게 몰아치기 시작했다. 불길한 예감에 스마트폰으로 기상정보를 검색했더니 아뿔싸, 새벽에 6도까지 떨어진다는 예보가 떴다. 허방에 빠진 기분으로 난감해하는 사이에 어둠이 밀어닥쳤고 헐수할수없이 나는 집으로 발길을 돌려야만 했다.

설마 괜찮겠지, 불안한 마음을 애써 다독이며 잠을 청했으나 쉬 잠이 오지 않았다. 이튿날 아침, 눈을 뜨자마자 부리나케 농장으로 내달았다. 농장에 닿자마자 여주밭으로 향했는데 한눈에 보기에도 상태가 심상치 않았다. 냉해를 입은 여주 모종의 잎이 허옇게 떠서 축 늘어졌고 일부는 줄기까지 꺾였다. 순간 뭐라고 형언하기 어려운 격한 감정이 훅, 치밀어 올랐다. 애써 마음을 다스리며 찬찬히 둘러보니 삼분의 일이 돌이킬 수 없는 피해를 입긴 했지만 불행 중 다행으로 나머지 모종의 상태는 그리 심각하지 않았다. 간신히 마음의 평정을 되찾고서 다른 열매채소 모종들을 둘러보니 냉해를 입은 작물은 눈에 띄지 않았다. 나는 혹시 있을지도 모를 2차 피해에 대비해서 농장 한쪽에 쌓아둔 낙엽으로 고랑과 두둑을 두툼하게 덮어주었다. 그러나 전날의 세찬 바람이 한시도 잦아들지 않아서 낙엽이 사방으로 흩날렸다. 나는 날씨가 풀릴 때까지 모종들이 부디 잘 견뎌주기를 기원하면서 그만 철수했다.

맹렬한 바람을 동반한 추위는 그로부터 사흘 뒤에 물러갔다. 농장에 나가보니 전날까지 서리가 내렸다는 사실이 믿기지 않을 정도로 햇살이 푸근했다. 그러나 우려했던 대로 연일 계속된 추위에 여주 모종은 전멸하고 말았다. 혹시나 살아남은 모종이 있을까 짯짯이 들여다봤지만 애초에 아무것도 심지 않았던 양 녹아버린 모종은 흔적도 남질 않았다.

칠 년간 농사를 지어오면서 한 번도 겪어보지 못한 광경 앞에서 나는 적잖은 충격을 받았다. 더도 말고 덜도 말고 여주 모종을 사흘만 늦게 내왔어도 녀석들은 속절없이 죽는 일 없이 가을까지 충만한 삶을 누렸을 것이다. 아내의 말을 참견이라 여기지 않고 경청했더라면 하는 후회가 뼛속까지 차오르기도 했고, 입하를 목전에 두고 몰아닥친 기습 한파가 원망스럽기도 했다.

그러다 문득, 베란다에서 하루가 다르게 수세를 키워가고 있는 여주 모종에 생각이 미쳤다. 사십 주의 모종이 전멸했지만 베란다에는 육십여 주의 모종이 남아있다. 새로 옮겨 심을 여분의 모종이 있다는데 생각이 미치자 그나마 위안이 되었다. 아직 밭에 정식을 하기에는 어리지만 일주일 뒤면 충분히 자랄 것이고, 그러면 여주농사에는 아무런 지장도 없는 셈이다. 그럼 됐다.

하지만 됐다고 생각한 그 순간, 굉장한 불편함이 엄습해왔다. 뭐라고 딱히 꼬집어 말할 수 없는 그 불편함은 이내 죄책감으로 바뀌었고 나는 내가 여주 모종을 얼어 죽게 만들기 이전에 무엇을 잘못했는지 선연하게 깨달을 수 있었다.

스스로의 불민함으로 멀쩡한 여주 모종을 불시에 죽게 만들었다고 자책할 때는 언제고 대체할 모종이 있다는 사실에 이내 안도를 하다니, 나는 작물을 생명이 아닌 한낱 이익을 위한 수단으로 바라본 셈이다. 농사란 수확에 목적이 있지 않고 생명을 키운 수고로움에 대한 작은 보답을 얻는 것이란 생각을 마음 깊이 간직해왔다고 믿어왔는데 그 믿음이 와르르 무너지는 소리가 귓가에 울려 퍼졌다.

곡우가 다가오기도 전에 열매채소 모종을 심고서 서리를 맞혀 얼려 죽인 뒤 천연덕스러운 얼굴로 다시 사다 심으면 된다고 말하던 사람들을 그간 얼마나 경멸을 해왔던가. 생명을 상품으로 대하는 순간 모든 관계는 사라지고 자기 자신만 남게 된다. 관계가 소멸하면 마주한 존재들이 일시에 만족과 이익을 위한 대상으로 전락하기 때문이다. 만족스럽지 않고 이익이 생기지 않으면 그냥 버리면 된다. 상품의 본질은 소비에 있으므로 버린다 한들 죄책감 따윈 가질 필요가 없다. 이때는 버리는 게 미덕이다. 그래서 많은 도시농부들이 장마철이 되면 농사는 자신과 맞지 않는다며 일껏 키우던 작물들을 내팽개치고 추호의 망설임도 없이 텃밭을 떠난다. 즐거움과 만족감과 한창 유행하는 힐링을 위해서 농사라는 상품을 샀는데 고생이란 하자가 발생했으니 농사는 상품으로서의 가치를 그 순간 잃어버린 것이고 이때 떠나는 것은 소비자로서의 당연한 권리 행사다.

자의식의 발로일지 모르지만 모든 것을 상품 논리로 둔갑시키는 작금의 세태와 대체할 모종을 떠올리자마자 안도의 한숨을 내쉬었던 내 모습은 본질적으로 하등 다르지 않다. 만약에 여주 모종을 수확을 위한 수단이나 대상으로 여기지 않았다면 아내가 만류하고 나섰을 때 주저했을지도 모른다. 모종을 온전한 생명으로 가슴에 담았다면 기온이 떨어지기 시작했을 때 작업을 중단했어야 마땅하다. 그러나 그날 모종이 상할 수도 있다는 걸 직감했을 때 내게는 향후의 일정이 더 중요했고, 혹시 잘못돼서 빈자리가 생기면 나중에 보식하면 된다는 생각이 은연중 똬리를 틀고 있었다.

생명을 나를 위해 존재하는 대상으로 바라보다니 어쩌다 그리 되었을까. 어쩌면 나는 존재와 존재 사이에 마땅히 있어야 할 것들을 일상의 이름으로 서서히 잃어가고 있는 것은 아닐까. 만약에 그렇다면 나는 지금 외로움과 고독의 경계에 서 있는 셈이다. 외로움은 성장을 위한 성찰의 공간이지만 고독은 모든 관계를 상실한 단절의 공간이다.

작년 봄의 일이다. 농장의 관정을 파고 그 주변에 콘크리트를 부었는데 어느 화사한 봄날, 그곳에서 무언가 하늘거리는 것이 눈에 띄었다. 가까이 다가가서 살펴보니 한 포기의 풀이었다. 콘크리트가 굳기 전에 떨어졌던 풀씨가 그 속에서 겨우내 몸을 웅크리고 있다가 봄을 맞아 싹을 틔운 것이다. 나는 한동안 풀의 경이로운 생명력에 경도되어 자리를 뜨지 못했다. 저토록 거룩한 생명이라니, 나도 모르게 눈시울이 뜨거워졌다.

그토록 거룩한 생명 사십 주를 죽게 만들어놓고서도 수확에 별 문제가 없을 거라는 생각을 하며 안도를 하다니 얼마나 부끄러운 노릇인가. 그럼 어떻게 할 것인가. 어떻게 해야 다시는 생명을 수단이나 대상으로 대하지 않을 수 있을까. 질문과 동시에 절대로 잊지 말자는 말이 입 밖으로 튀어나왔다. 여주 모종이 죽은 것뿐만 아니라 수확을 우선시했던 이기심과 아내의 말을 주의 깊게 듣지 않았던 무관심과, 작물의 안위보다 일정을 더 중시했던 어리석음과, 여분의 모종이 있다는 것을 핑계로 뭇 생명을 죽게 만든 스스로의 잘못을 덮으려 했던 자기합리화까지 남김없이 잊지 않을 때 나는 비로소 농부가 될 수 있을 것이다.

다음 날 나는 눈을 뜨자마자 문구점에서 노란 리본을 산 뒤 농

장으로 향했다. 농장에 도착한 나는 속죄와 다짐을 담아 지지대마
다 리본을 매달았다.

　준비해온 리본을 지지대마다 매달고 나니 마음이 가벼워지는
게 아니라 더욱 무거워졌다. 하긴 결코 가벼워져선 안 될 일이다.
올 한 해 농장의 작물을 돌보는 내내 아니, 앞으로 농사를 손에서
놓는 그 날까지 오늘을 기억해야만 한다.

스스로 그리되는 놀라운 변화들

일산중학교에 텃밭동아리를 만들어서 함께 해온 지난 삼 년을 생각하면 참으로 감개무량하다. 철쭉으로 뒤덮인 화단을 개간해서 텃밭으로 만들던 때의 기억은 아직도 생생하다. 일산중학교에서 사회를 가르치는 후배와 함께 아이들에게 농사를 가르치면 좋을 것 같다고 의기투합해서 일단 저지르고 보자는 심정으로 텃밭을 일굴 때만 하더라도 그 일이 얼마나 많은 변화를 이끌어낼지 상상도 하지 못했다.

먼저 운을 뗀 건 후배였다. 앞뒤 없이 학교로 와달라는 요청을 받고 찾아간 내게 후배는 철쭉으로 뒤덮인 화단을 가리키며 텃밭으로 만들 수 있는지 봐달라고 했다. 화단의 흙을 살펴본 뒤 충분히 가능하다는 대답이 끝나기가 무섭게 후배는 덥석 내 손을 잡으며 텃밭동아리를 만들어보자는 제안을 했다. 아이들과 함께 농사를 지어보고 싶다는 생각을 늘 품어왔던 나는 생각하고 자시고 할 것도 없이 그 자리에서 흔쾌히 응했다.

그로부터 일주일 뒤 삼십 명 남짓한 아이들이 운동장 가장자리를 가로지른 화단에 모였다. 후배는 빙그레 웃는 얼굴로, 크고 작은 말썽을 부려서 봉사 점수가 필요한 아이들에게 화단을 텃밭으로 만드는 일을 거들면 봉사 점수를 두 배로 쳐주겠다고 했더니 순식간에 지원자가 몰렸다고 넌지시 귀띔을 해주었다. 쉽게 말해서 말썽꾸러기들이 모였다는 얘긴데 한눈에 보기에도 체격들이 당당했고 일부는 건들거리는 폼이 예사롭지가 않았다. 그러나 막상 일이 시작되자 아이들은 꽤나 신바람을 내가며 서툰 일손을 곰바지런히 놀려대기 시작했다. 철쭉을 캐는 건 어지간한 어른들에게도 버거운 일인데 아이들은 깔깔대면서도 진지함을 잃지 않았다. 농땡이를 치는 녀석들이 더러 눈에 띄긴 했지만 대부분은 굉장히 열심이었다. 예상치 못한 아이들의 태도에 후배와 나는 그저 어리둥절할 따름이었다.

다음날도 그 다음 날도 아이들의 태도는 한결같았다. 워낙에 적극적인 데다가 일하는 요령까지 터득하면서 작업 속도가 눈에 띄게 빨라졌다. 농땡이를 부리던 녀석들도 눈치가 보였는지 깜냥껏 일손을 거들기 시작했다. 그렇게 하루에 세 시간씩 사흘에 걸쳐서 삼십 평 화단의 철쭉을 모두 캐냈다. 정말 놀랄만한 속도였다. 나흘째 되는 날에는 퇴비를 뿌리고 흙을 뒤집어 밭을 일구었다. 퇴비를 뿌릴 때 똥 냄새가 나네, 더럽네, 투덜거려가면서도 아이들은 일손을 멈추지 않았다. 덕분에 삼십 평 텃밭이 세 시간 만에 뚝딱 만들어졌다.

아이들은 자랑스러운 얼굴로 완성된 텃밭을 갈마보았다. 그런 아이들의 얼굴이 하나같이 자부심으로 빛났다. 과정은 힘들기 짝이 없지만 완성된 텃밭을 둘러볼 때의 희열은 이루 헤아릴 수 없을 정도로 크다.

문득 한 아이가 곁의 아이에게 자부심이 철철 넘치는 목소리로 말을 건넸다.

"야, 우리 굉장하지 않냐?"

"그래, 정말로 굉장해!"

말을 받은 아이의 목소리에도 잔뜩 힘이 실렸다. '짱'으로 통하는 녀석들이었는데 그 애들은 작업 과정 내내 꾀 한 번 부리지 않고 열심히 일했다. 나는 녀석들이 너무 기특해서 사이로 끼어들어 어깨동무를 한 뒤

"어때, 좋지? 너희 밭이니까 열심히 돌봐야 한다."

하고 말을 걸었다.

"선생님, 제가 여기에 쓰레기 제일 많이 버렸거든요. 근데 이제부터 쓰레기 버리다 걸리면 그냥 끝장이에요!"

'짱'은 꽤나 진지한 표정으로 손마디를 우두둑 꺾어가며 목에 힘을 주었다. 나는 그런 녀석의 등을 가볍게 토닥여주었다. 그러다 문득 이 아이들이 자라나는 과정에서 성취감을 느낄 일이 얼마나 있을까 하는데 생각이 미쳤다. 문제아 여부를 떠나서 상위권 성적 밖에 있는 보통의 아이들이 가정과 학교에서 성취감을 느낄 일은 드물 수밖에 없다. 성취감을 느낄 일이 없는 삶이라니, 얼마나 끔찍한가.

그뿐만 아니라 공부를 잘하지 못하면 칭찬을 듣는 것도 하늘의 별 따기만큼이나 어렵다. 칭찬은 고래도 춤추게 한다는데 이 땅의 아이들은 초등학교 때부터 고등학교를 졸업할 때까지 칭찬 받을 일이 거의 없다. 거기다가 말썽이라도 좀 부리면 문제아란 낙인을 달고 살아야 한다. 그러나 텃밭을 만드는 과정 내내 아이들은 선생님에게 칭찬을 들었다. 퇴비를 잘 나르고 잘 뿌린다고, 삽질을 잘한다고, 일머리가 좋다고, 특별히 눈에 띄지 않는 아이에겐 열심히 한다고, 아이들 모두에게 칭찬이 돌아갔다. 칭찬을 들은 아이들은 그 자리에서 입이 귀밑까지 벙그러졌는데 그 모습이 참으로 행복해 보였다.

다재다능한 아이들이 비뚤어진 입시지옥에 갇혀서 단지 공부가 적성이 아니라는 이유 하나만으로 게으르다, 산만하다, 생각이 없다, 큰일이다, 인생의 목표가 없다는 식의 능욕을 매일매일 견뎌야 하는 현실은 야비하기 짝이 없다. 다양하게 칭찬 받을 수 있는 공간과 기회를 만들어만 준다면 아이들은 줄기차게 성장을 한다.

텃밭에서 아이들과 함께 놀면서 그 점을 절실하게 깨닫게 되었는데 대표적 예로 '짱'을 꼽을 수 있다. 나중에 알게 된 사연이지만 녀석은 할머니와 단둘이 살면서 언제 학교를 그만둘지 알 수 없는 시한폭탄이나 다름없는 상태에 놓여 있었다. 늘 학교를 때려치울 생각을 품고 있다 보니 녀석은 시끄러운 문제를 수시로 몰고 다녔다. 그러던 이듬해 텃밭동아리가 만들어지면서부터 작은 변화가 일기 시작했다.

텃밭동아리가 만들어질 때의 풍경은 지금도 잊을 수가 없다. 신학기가 시작되고 텃밭동아리 모집 공고가 붙자마자 팔십 명의 아이들이 구름 떼처럼 몰려왔는데 전교생이 삼백 명 남짓인 걸 감안하면 정말로 폭발적인 반응이었다. 봉사 점수를 바라보고 텃밭을 만들었던 삼십 명의 아이들도 빠지지 않고 지원을 했다. 정원이 이십 명인데 팔십 명의 지원자가 몰려들자 당황한 선생님들이 대책 회의를 열었고 정원을 사십 명으로 늘리고 면담을 보는 방향으로 결론이 났다. 면담을 본다는 말을 전해 들은 아이들은 수능시험 보는 수험생 못지않게 긴장을 했다. 텃밭동아리가 뭐라고 극도의 긴장을 하는지, 그 모습이 귀여워서 절로 웃음이 나왔다.

'짱'은 가장 먼저 텃밭동아리에 지원했는데 면접을 통과하자마자 면접 장소인 도서관이 떠나갈 정도로 환호성을 질러댔다. 지금도 그 모습을 떠올리면 피식, 웃음이 나온다.

녀석은 누구보다도 동아리 활동을 열심히 하였는데 텃밭에 나오기만 하면 얼굴에 생기가 돌고 말썽을 부리는 횟수가 눈에 띄게 줄어들었다. 하루는 학교에 오는 게 재미있다는 말까지 꺼냈다. 이유를 물으니 그냥이란다. 사석에서 후배에게 연유를 캐물으니 녀석이 칭찬에 맛을 들이면서 마음을 잡은 것 같다는 얘기를 들을 수 있었는데 바로 이해가 갔다. 당당한 체구에 운동 신경이 뛰어나다 보니 녀석은 타고난 일솜씨를 뽐내었다. 삽을 들고 낑낑거리는 여느 아이들과 달리 녀석의 삽날은 흙 속에 푹푹 박혔고 이십 킬로그램짜리 퇴비도 가뿐하게 다루었다. 자연히 녀석은 몸을 쓸 때마다 칭찬을 받았고 그 얼굴을 보면 정말로 행복해 보였다.

모두가 포기할 뻔했던 아이가 스스로 마음을 다잡고 자신의 삶을 돌보게 된 건 텃밭이 지니고 있는 치유의 힘을 빼놓고서는 뭐라고 설명하기 힘들다.

텃밭동아리에 속한 아이 하나는 심각한 분노조절 장애를 앓고 있어서 반에서 늘 문제를 일으켰다. 그런데 이 아이가 텃밭동아리 활동을 하고 나서부터 분노를 조절하기 시작했다. 텃밭에서 녀석의 집중력은 남달랐고 누가 시키지 않았는데도 혼자 남아서 뒷정리까지 도맡았다. 녀석은 농사에 소질을 타고난 것 같았다. 어떤 일을 할 때 즐긴다는 건 재능을 타고났다는 얘기다. 여름방학이 시작되기 전에 녀석은 분노조절 장애를 극복해냈고 아이들과의 관계도 회복했다. 그뿐만 아니라 공부에도 흥미를 보이기 시작했다.

어떤 학자는 아이들이란 야생동물과 똑같은데 그걸 가둬놓고 몸을 억압하기 때문에 분노조절 장애를 앓을 수밖에 없다는 주장을 펼쳤는데 꽤나 수긍이 간다. 분노조절 장애를 앓는 아이들의 숫자가 급속히 늘어나고 마땅한 치료법을 찾지 못해 애를 먹는 현실에서 한 달에 두 번 있는 텃밭동아리 활동을 통해 오랜 시간 앓아온 병을 극복해낸 녀석을 보면 스스로 몸의 주인이 되어 자신의 의지대로 몸을 쓰는 일이 얼마나 중요한지 다시금 생각해보게 된다.

텃밭농사를
정규 과목으로

　　아이들과 함께 텃밭에서 놀다보면 경이로운 일과 왕왕 맞닥뜨
리게 되는데 학교 폭력을 해결할 수 있는 실마리를 발견한 건 참
으로 놀라운 수확이었다.

　　텃밭동아리 속엔 여러 부류의 학생들이 뒤섞여 있다. 공부 잘하
는 아이, 운동 잘하는 아이, 놀길 좋아하는 아이, 조용한 아이, 산
만한 아이, 거친 아이, 수줍은 아이…, 그 면면이 참으로 다양하다.

　　그 속에는 가해한 아이와 피해를 본 아이도 섞여 있었다. 가
해 학생과 피해 학생이 외부의 개입 없이 대화를 나눈다는 건 흔
히 불가능에 가까운 것으로 알려져 있다. 가해 학생은 폭력을 대
수롭잖게 여기는 반면 피해 학생은 두고두고 원한을 품기 때문이

다. 그런데 어느 날, 후배가 내 옆구리를 조용히 쿡쿡 찔렀다. 후배의 눈길이 향한 곳을 바라보니 찬바람 쌩쌩 불던 두 아이가 나란히 앉아서 호미로 김을 매며 대화를 나누고 있었다. 보고서도 믿을 수 없는 광경이었다. 감격한 후배는 한턱내겠다며 나를 이끌고 간 술집에서 텃밭동아리 만들길 정말 잘했다는 얘기를 무시로 되풀이했다.

작년에는 이런 일이 있었다. 4월 초순, 텃밭동아리 활동 시간에 후배가 체격이 당당하고 인상이 꽤나 강렬한 3학년 여학생을 가리켰다. 신입 회원인 그 아이는 소문난 '은따'였다. 후배는 3학년이 되도록 그 아이가 학교에서 웃는 걸 단 한 번도 본 적이 없다고 했다. 신학기 첫 동아리 시간에 아이들은 그 아이와 냉랭하게 거리를 두었고 그 애는 한껏 굳어진 인상을 펴지 않았다. 그런데 세상에, 그 아이가 아이들 속에서 웃고 있었다. 지난 시간까지만 해도 영영 좁혀질 것 같지 않았던 거리감이 거짓말처럼 사라져버리고 비록 어색하긴 하지만 그 애가 아이들과 짤막한 대화를 나누며 계속해서 웃고 있었다. 이후 그 아이의 학교 생활이 어떠했을지는 더 이상 말할 필요가 없다.

텃밭에서 몸으로 맺는 관계는 경쟁이 아닌 협동과 상생의 관계다. 땀 흘려가며 일을 하다 보면 서로 돕고 배려할 수밖에 없다. 그렇지 않으면 단박에 삐걱거리게 된다. 작물을 제대로 키우기 위해서는 늘 주변을 살펴야 하고 서로서로 호흡을 맞춰야 한다. 힘이 센 사람은 약한 사람을 거들고, 일손이 빠른 사람은 느린 사람의 짐을 나눈다. 그렇다고 힘이 약하고 일손이 느린 사람의 가치가 떨어지는 것은 아니다. 경쟁 관계에서는 가치를 따지게 되지만 협동과 상생의 관계에서는 그런 질문 자체가 무의미하며 그저 모두가 동료일 따름이다.

텃밭에서 아이들과 놀다 보면 비실비실한 아이가 '짱'에게 지시를 내리는 광경을 자주 보게 된다. 체구가 아무리 작아도 일머리가 좋으면 자연스레 또래들을 이끌게 되고 아이들은 기꺼이 그 지시에 따른다. 경쟁 관계에서는 상상도 할 수 없는 일이지만 텃밭에서는 지극히 자연스러운 일이다. 서로 돕고 의지하며 일을 하다 보면 신명이 일기 마련이고 동료애 또한 도타워진다. 공부를 잘하건 못하건, 싸움을 잘하건 못하건 텃밭에서는 별다른 의미가 없다. 성실하게 일하는 게 최고의 미덕이다. 한여름 땡볕 아래서도 아이들이 열심히 일하는 모습을 보면 녀석들도 그 사실을 알고 있다는 생각이 든다.

텃밭에서 아이들과 함께한 시간을 돌이켜보면 아이들은 가르쳐서 성장하는 게 아니라는 생각이 든다. 후배와 나는 텃밭에서 농사에 필요한 기본적인 기술과 요령 말고는 아이들에게 딱히 이렇다 할 만한 걸 가르친 기억이 없다. 굳이 그럴 필요도 느끼지 못했다. 텃밭에서 굳이 스승을 꼽자면 텃밭 그 자체라고 할 수 있다. 텃밭에서 몸을 쓰다 보면 감성이 순해진다. 그건 어른들도 마찬가지인데 아이들은 그 변화에 더욱 빠르게 반응한다.

재작년 봄, 극심한 가뭄으로 전국의 논밭이 타들어 갈 때 학교 텃밭이 걱정되어서 무작정 찾아간 적이 있다. 아니나 다를까, 학교 텃밭의 작물들도 심하게 몸살을 앓고 있었다. 그런데 텃밭을 둘러보던 와중에 팻말 하나가 와락, 눈길을 사로잡았다.

– 작물아 죽지 마!

누가 만들었는지는 끝내 알 길이 없었지만 팻말을 만들어서 밭에 나왔을 아이의 마음이 고스란히 와 닿았다. 지금도 그때 느꼈던 감동이 잊히지 않는다.

농사의 근본은 생명을 키우는 데 있다. 생명을 키우다 보면 사사로운 변화 하나하나에도 경이로움을 느끼게 된다. 새싹이 올라왔을 때, 새싹이 자라는 모습을 지켜볼 때, 수확할 때, 수확물을 음미할 때, 수확물을 나눌 때… 아이들은 온몸으로 반응을 한다.

몇몇 아이들은 농사를 짓기 시작한 지 얼마 지나지 않아서 이런 말을 했다.

"선생님, 앞으로 절대로 급식을 남기지 않을 거예요!"

더할 나위 없이 진지한 얼굴로 다짐하는 아이들에게서 나는 감사의 마음을 느꼈다. 이제껏 아무런 생각 없이 먹어왔던 음식들이 농부들의 노동이었다는 것을 깨닫지 않고서는 할 수 없는 다짐이 아닌가. 다른 이의 노동에 감사할 수 있는 마음을 지닌 아이를 텃밭이 키워낸 것이다.

그날 이후로 내겐 또 다른 꿈이 생겼다. 전국의 모든 아이들이 정규 교과과정 속에서 농사를 짓는 모습을 상상하면 마음이 다 환해진다. 실제로 이 땅의 모든 학교에서 그런 일이 벌어진다면 그건 아이들에게 국, 영, 수가 아닌 의, 식, 주를 가르치는 것이며 그러한 변화는 삶이 직업이 되는 세계를 아이들에게 안겨줄 수 있는 초석이 될 게 분명하다.

다행히 요즘에는 아이들에게 농사를 가르치는 학교들이 점차 늘고 있다. 참으로 반가운 일이다. 내게도 두 군데의 학교에서 아이들에게 텃밭농사를 가르쳐달라는 요청이 들어왔다. 그 요청에 기꺼이 응했음은 물론이다.

언제가 될지 모르겠지만 학교 텃밭이 더욱 확산해서 정규교육으로 자리를 잡고 그것이 출발점이 되어 요리와 목공과 옷 만들기와 집짓기까지 가르치는 과정으로 이어졌으면 좋겠다. 그렇게 된다면 아이들은 그 즉시 자기 삶의 주인으로 우뚝 설 수 있을 것이다.

그날이 오기까지 나는 아이들과 함께 텃밭에서 열심히 놀고, 그 속에서 일어나는 놀라운 변화들에 대해서 자꾸만 소문을 내고 다닐 작정이다.

 농장에 지어놓은 생태 화장실을 볼 때마다 나는 뜬금없이 선배의 일화가 떠오른다. 꽤 오래전 이야기로, 절친한 선배가 심야에 광화문 교보빌딩 앞을 지나가다가 급작스런 신호에 화장실을 찾아 동분서주하던 끝에 헐수할수없이 교보빌딩 뒤쪽 으슥한 곳에서 바지를 까내렸단다. 행여 누가 볼 새라 마음을 졸여가며 볼일을 보고 있는데 느닷없이 손전등 불빛이 번쩍번쩍하더니 황당하기 짝이 없다는 표정의 경비원이 불쑥 나타나더란다.

 "아니, 거, 거, 거기서 뭐 하는 거요?"

 "똥 싸고 있는데요."

 "거, 점잖게 생긴 분이 아무리 그래도 그렇지……."

"그럼 바지에 쌉니까?"

서로 난처하고 민망한 상황 속에서 선배는 곧이곧대로 얘기할 수밖에 없었고 경비원은 연신 헛기침만 큼큼거리며 돌아서고 말았다는 결말 앞에서 나는 한바탕 웃음보를 터뜨리면서도 어쩐지 입맛이 썼다.

지금은 예전과 달리 화장실을 개방한 건물들이 많아졌지만, 등에서 식은땀이 쪽, 흐르는 절박한 상황 속에서 괄약근을 힘껏 조인 채 빌딩 숲을 헤매고 다녀야 하는 도시인의 삶처럼 우스꽝스러운 게 또 있을까. 필요할 때 용변을 볼 수 있는 기본권조차 자물쇠로 채워버린 도시에서의 삶이란 차라리 해학에 가깝다.

그런데 도시의 삶과 거리가 먼 농장에서도 종종 비슷한 경험을 겪곤 했다. 내가 농사의 첫발을 뗀 장항농장은 물론이고 인근 농장에도 그 흔한 화장실 하나가 없던 탓이다. 사방이 뻥 뚫린 농장에서 일을 하다말고 꾸르륵거리는 배를 부여잡은 채 화장실을 찾아 이리 뛰고 저리 뛰어다닌 적이 한두 번이 아니었다. 인적이 드물다면 어찌어찌 해결해보겠으나 무시로 차량이 지나다니고 사람의 왕래도 잦은지라 한번 신호가 제대로 왔다 하면 발바닥에 불이 나게 뛰어다닐 수밖에 없었다.

그러다 한번은 하도 급한 나머지 생판 모르는 화장실에 뛰어들었다가 뜻밖의 봉변을 당한 적이 있었다. 농장 인근에는 소규모 공장이 여럿 모여 있는데 그곳에는 공장 사람들이 공동으로 사용

하는 간이 화장실이 있었다. 문도 잠겨 있지 않아서 별다른 생각
없이 편하게 볼일을 보고 나오다가 관리인으로 보이는 사람과 맞
닥뜨렸다. 고맙고도 미안한 생각에 가볍게 눈인사를 해 보였는데
그이는 내 위아래를 감사납게 훑어보더니 사뭇 시비조로 말을 건
넸다.

"어디서 오셨수?"

"요 옆에 있는 농장에서 왔습니다."

"농장에서 왔으면 왔지 남의 화장실은 왜 들락거립니까?"

"미안합니다. 하도 급하다 보니 그리됐습니다."

"원, 아무리 급해도 그렇지 경우 없이 남의 화장실을 쓰면 됩니
까?"

"거 똥 한 번 싼 거 가지고 참 야박하십니다. 아저씨는 살면서
급할 때 없습니까?"

나는 경우 운운하는 소리에 고만 언성을 높이며 돌아섰는데 잡
아먹을 듯이 노려보는 사내의 눈길에 그곳을 벗어나는 내내 뒤통
수가 따가웠다.

그날 이후, 무슨 수를 써서라도 뒷간을 짓고 말겠다는 결심을
굳힌 나는 함께 농사를 짓는 텃밭지기들과 머리를 맞대었고, 때마
침 시골에서 생태 뒷간을 지어본 경험이 있는 이가 있어서 십시일
반 돈을 모아 생태 뒷간을 짓는 방향으로 의견이 모였다. 다들 절
박한 경험이 있는지라 일은 일사천리로 진행되었다. 화장실을 앉

힐 장소가 정해지자마자 뚝딱뚝딱 설계도가 나왔고, 그에 맞춰 필요한 재료와 도구들이 속속 동원되었다. 몸 쓰는 일에 이골이 난 텃밭지기들이 손발을 맞추기도 했지만 화장실의 구조가 워낙에 단순하다 보니 공사를 벌인 하루 만에 생태 뒷간이 완성되었다.

시멘트 블록을 허리 높이까지 쌓아올려 만든 기둥 위에 뒷간 바닥을 앉힌 뒤, 각목과 합판을 이용해서 벽과 문을 만들고 플라스틱 재질의 슬레이트로 천정을 얹자 뒷간의 골조가 완성되었다. 골조 공사가 끝나자마자 뒷간 바닥 밑 공간에 변을 모을 손수레를 들여놓고 변기 앞부분에 깔때기를 고정해서 호스를 연결하여 똥과 오줌이 분리 배출되도록 간단한 장치를 하였다. 그런 다음 계단을 만들고 유성 페인트를 칠해주는 것을 끝으로 공사를 끝냈다.

막상 뒷간을 만들 때만 해도 몰랐는데 자주 이용을 하게 되면서부터 뒷간에 대한 생각이 완전히 달라졌다. 볼일을 본 뒤 왕겨 한 바가지를 뿌렸을 뿐인데 냄새는커녕 파리 한 마리 꼬이지 않았다. 변기 앞부분에 큼직하게 고정한 깔때기 덕분에 오줌은 자연스럽게 분리 배출되었는데 똥과 오줌이 섞일 일이 없으니 구더기가 끌 염려도 없었고 손쉽게 오줌액비를 만들 수 있다는 장점도 있었다.

한 가지 흠이 있다면 농장에 드나드는 사람이 한정되다 보니 그 양이 터무니없이 적다는 점이었다. 일 년 내내 모아봐야 인분은 손수레 한 차 분량도 되지 않았고 오줌 또한 한 말 남짓 될까 말까 했다. 양만 충분하다면 최고의 퇴비를 풍족하게 쌓아두고서 아무 걱정 없이 농사를 지을 수 있을 텐데 이건 뭐 애써 지어놓은 생태 뒷간이 급한 용변이나 해결하는데 소용이 있을 따름이니 참으로 안타까운 노릇이었다. 사정이 그러하다 보니 지나가는 사람 모두가 우리 농장에 와서 볼일을 보면 얼마나 좋을까 하는 간절함이 농장에 드나들 때마다 따라붙었고, 집에서 가족들이 변기의 물을 내리는 것도 그렇게 아까울 수가 없었다.

똥오줌이 아깝다니, 문득 까마득히 잊고 있었던 유년의 기억이 되살아났다. 관악산 자락을 불법으로 점유해서 틈틈이 텃밭농사를 지으셨던 아버지는 똥을 참으로 귀하게 여기셨고, 우리는 아버지의 불호령이 무서워서라도 달음박질을 쳐가면서까지 집에 와서 볼일을 봐야 했다. 아버지는 밭 가장자리에 구덩이를 파서 똥을 퍼 나른 뒤 그 위에 재를 뿌리고 나뭇잎을 덮어서 퇴비를 만드셨는데, 어렸던 나는 그게 그렇게 더러울 수가 없었다. 아버지는 똥 귀한 줄 알아야 한다고, 똥을 천대하면 천벌을 받는다고 귀가 따갑도록 일장 연설을 늘어놓곤 했지만 어린 내 귀에는 말도 안 되는 억지일 따름이었다.

물론 지금의 나라면 아버지의 말씀에 전적으로 수긍했을 터이다. 비록 얼마 되지 않는 양이지만 작년 가을에 칼슘 부족으로 김장용 무밭이 초토화되어 갈 때, 오줌액비를 희석해서 사흘 만에 무밭을 멀쩡하게 살려낸 적이 있었다. 오줌액비를 살포한 다음 날부터 거지반 죽어가던 무청이 싱싱하게 되살아나던 광경은 경이 그 자체였다.

현대 과학 문명은 콧방귀를 뀌겠지만 내 경험에 의하면 똥오줌은 식물뿐만 아니라 죽어가는 사람도 살려내는 효험을 지녔다. 팔십 년대 초, 아버지는 친구와의 술자리에서 사소한 시비를 벌이다 삼청교육대에 끌려간 적이 있었는데, 한 달 뒤 풀려났을 때에는 온몸에 시커먼 피멍이 들어 반송장이나 다름없었다. 그런 아버지를 살리겠다고 외할머니는 시골에서 한 달간 삭힌 똥물을 어렵사리 구해 오셨고, 일 리터에 달하는 똥물을 며칠에 나눠 복용한 아버지는 그 어떤 약의 도움도 없이 거뜬하게 건강을 회복하셨다. 참으로 기적 같은 일이었다.

말도 안 되는 미신이라고 다들 손사래를 쳐가며 나를 미친 사람 취급할 수도 있겠지만 미생물과 발효의 세계를 조금만 들여다보면 그다지 놀랄 일도 아니다. 인분으로 만든 퇴비도 마찬가지지만 외할머니가 구해 오셨던 똥물도 발효를 거쳐 그야말로 환골탈태한 새로운 물질인 것이다. 일례로 가정에서 쉽게 만들 수 있는 청을 들 수 있다. 익히 알고 있듯이 청을 만들 때는 설탕을 5:5 비율로 섞는데 발효가 끝난 청을 삼 년간 숙성시키면 설탕 성분은 그 어디에도 남지 않게 된다. 즉, 설탕이 발효의 과정을 거쳐 생명에 유익한, 완전히 새로운 물질로 변하게 되는 것이다.

사정이 그러한데도 생태 뒷간의 놀라움을 직접 경험해보지 못한 사람들은 똥의 가치를 아무리 역설해서 들려줘도 도무지 귓등으로라도 들으려고 하지 않는다. 당장 아내부터라도 똥으로 퇴비를 만들어 밭에 뿌리겠다고 하면 달갑지 않은 표정을 짓는다.

농경 사회에서 산업 사회로 이동하면서 똥은 귀하디귀한 신분을 잃어버린 채 더럽고 구역질이 나는 신세로 전락해버린 것이다. 이사 갈 때는 반드시 똥을 한 무더기 싸주고 떠나야만 새로 오는 사람이 잘산다는 말이 있을 정도로 귀한 재산이었던 똥은 도시라는 공간에 갇히면서 혐오스러운 오물이 되었다. 재와 왕겨와 바람과 소통해야지만 뭇 생명을 살리는 퇴비로 거듭나는 똥은 도시의 시멘트 덩어리 속에 갇혀서 영영 숨이 끊기고 말았다. 권정생 선생의 『강아지똥』이 교과서에 실리고 스테디셀러로 자리를 잡아도 그건 한낱 동화 속 이야기일 뿐, 일상 속의 우리는 교양이라는 이름으로 자연을 거스르고 있는 것이다.

사실 분뇨를 퇴비로 만들어 사용하는 일은 땅도 살리면서 건강한 작물을 키워내는 일석이조의 효과도 있지만, 진정한 가치는 순환적 삶에 있다. 자연이 우리에게 베푸는 농작물로 우리의 몸을 돌보고 우리의 몸이 배출한 배설물을 퇴비로 만들어 자연에 되돌려주는 것은 가장 자연스러운 순환 이치인 것이다.

그런데도 교보빌딩 뒤쪽에 숨어서 마음을 졸여가며 똥을 싸고, 수없이 많은 화장실 곁에서 갑자기 똥이 마려울지도 모른다는 초조함에 쫓기고, 자신의 화장실에서 누가 똥을 쌌다고 화를 내야만 하는 상황은 얼마나 억지스러운가. 아무리 곱씹어 봐도 그저 가여

울 따름이다.

 생태 뒷간에서 나온 퇴비의 신이한 힘을 몸소 겪은 이후로 내가 자주 하는 즐거운 상상 가운데 하나는 정부가 팔을 걷어붙이고 나서서 전국의 모든 공중 화장실을 생태 뒷간으로 만든 뒤, 농부들에게 무상으로 퇴비를 나눠주는 것이다. 그러면 애써 정화조를 만들고 분뇨처리장을 가동해야 하는 수고로움도 덜면서 자연 오염을 일정 부분 막을 수 있지 않을까. 농부는 그렇게 얻은 퇴비로 유기농을 지어 도시에 식량을 공급하고 도시인들 또한 건강한 식탁을 통해 자연 순환적 삶의 원리와 가치를 깨닫고 아파트에 갇힌 삶에서 벗어나는 게 가능하지 않을까. 그러면서 도시와 농촌이 소통하고 인간과 자연이 조화를 이룰 수 있다면 얼마나 좋을까.

 부질없는 상상인 줄 알면서도 자꾸만 그런 상상을 되풀이하는 것은 일상의 작은 변화 하나가 삶의 근본적인 변화를 이끌어낼 수 있다는 믿음과 우리의 삶이 지극히 인간답게 변했으면 좋겠다는 간절한 바람 때문이다.

 그리고 하나 더!

 답답한 도시의 일상에서 누구나 자유롭게 똥이라도 맘 편히 쌌으면 좋겠다.

학교에
생태순환시설을 짓다

　텃밭농사를 짓기 시작한 첫해에 생태 뒷간을 지은 경험을 바탕으로 그동안 참으로 많은 시설을 지어왔다. 돈을 벌기 위함도 아니고 도시농업과 농사 공동체를 활성화하기 위한 순수한 뜻으로 모두가 힘을 모아 벌여온 작업이라 시설이 하나하나 완성될 때마다 느끼는 재미와 보람은 꿀처럼 달콤했다. 쉴 공간 하나 없이 밭만 덩그러니 펼쳐진 농장에 공동체 일원들이 맘 편히 농사를 지을 수 있는 시설이 들어설 때의 뿌듯함은 여간 오진 게 아니다.

　특히 재작년 부천시의 요청을 받아 부천시민농장에 퇴비간을 지었을 때의 성취감은 그 어느 때보다 컸다. 재활용 자재를 활용해서 만든 시설치곤 꽤나 근사한 그림이 나왔고, 시청의 의뢰를 받아서 작업했다는 점도 도시농업을 활성화하기 위한 그간의 노력이 인정을 받은 것만 같아서 내심 뿌듯했다.

목수 일을 배운 적도 없는 데 필요한 모든 것을 뚝딱뚝딱 만들어내다보면 모든 게 마술처럼 느껴진다. 머릿속에 그린 설계도대로 시설물의 형태를 갖춰 나가다보면 내게 이런 능력이 내재되어있었구나 하는 감탄이 절로 나오고, 우리 모두에게는 생존에 필요한 모든 능력이 애초부터 내재되어있었다는 깨달음에 이르게 된다.

돌이켜보면 지난 몇 년간 뜻을 함께한 벗들과 다양한 시설 작업을 해오면서 참으로 많은 이야기를 빚어왔다. 속 모르는 이들이 보면 그저 흔하디흔한 시설물로 보일지 모르겠지만 시설 하나하나에는 함께 사는 세상을 꿈꾸며 삶을 나누는 이들의 이야기들이 오롯이 스며들어있다. 그래서 이따금 시설 작업을 기록한 사진첩을 들여다보면 절로 마음이 따스해진다.

해마다 봄만 되면 올해는 제발 시설 작업 없이 농사만 지었으면 좋겠다고 입버릇처럼 되뇌면서도 시설 작업 요청이 들어오면 득달같이 달려가는 것도 우리의 삶을 변화시킬 수 있는 이야기들이 만들어진다는 즐거움이 워낙에 크기 때문이다.

그런데 한 해가 저물어가는 늦가을 어느 날, 오랫동안 인연을 맺어온 일산중학교로부터 생태 뒷간과 퇴비간을 지어달라는 요청이 들어왔다. 순간 가슴이 설레기 시작했다. 학교에 생태 뒷간을 지어보는 것은 나의 오랜 숙원이었다.

그간 시설 작업을 해오면서 나는 전국의 모든 학교와 공원에 생태 뒷간이 들어서는 광경을 무시로 눈앞에 그려왔었다. 말도 안 되는 공상일지 모르겠지만 어느 날 그게 현실이 된다면 세상은 지금보다 훨씬 살기 좋을 게 틀림없다는 이상한 믿음이 마음 깊숙이 자리 잡아왔다. 생태 뒷간이 곳곳에 들어선다는 건 모두가 생태적 가치에 동의하지 않으면 불가능한 일이다. 유기적으로 순환하는 생태적 사고가 우리의 삶을 이끈다면 세상이 지금처럼 굴러갈 리가 없지 않은가.

나는 일산중학교의 요청을 기쁜 마음으로 받아들였다. 동시에 학교에 누가 되지 않도록 그간 축적된 기술을 총동원해서 제대로 지어봐야겠다는 결심을 굳혔다. 모르긴 몰라도 대안학교가 아닌 일반 학교에 생태 뒷간이 들어서는 건 처음일 것이다. 자연히 주변의 관심이 쏠릴 테고 그러다보면 생태 뒷간을 확산시킬 수 있는 시발점이 될지도 모른다.

나는 고심 끝에 매산이란 닉네임을 쓰는 친구에게 설계를 부탁했다. 고양도시농업 네트워크의 공동대표인 매산은 시설 작업을 줄곧 함께 해온 친구로 매사에 얼렁뚱땅 일 처리를 해서 왕왕 하자가 발생하는 나와는 달리 치밀하고 꼼꼼한 성격이라 일 처리가 깔끔한 데다 설계에도 일가견이 있어서 아주 적격이었다. 물론 설계도 없이 일을 진행할 수도 있지만 이번에는 썩 내키지 않았다. 장기적인 관점에서 보자면 이번이 제대로 된 설계도를 준비할 적기라는 판단도 섰다.

　설계를 부탁하자 매산은 흔쾌히 수락했다. 우리는 생태 뒷간과 퇴비간의 규모와 모양을 놓고 의견을 조율하면서 생태 뒷간은 맞배지붕으로 가기로 이내 합의를 봤다. 그 뒤로는 모든 게 일사천리로 진행되었다.

　공사 첫날, 아침 일찍 학교에 도착하니 늦가을 바람이 어찌나 세게 불던지 정말 날 한번 기가 막히게 잡았다는 생각이 절로 들었다. 그렇다고 작업을 늦출 수는 없는 노릇, 곧장 팔을 걷어붙이고 작업에 들어갔다.

　우선 주춧돌의 위치부터 잡았다. 시설이 들어설 자리에 경사가 져서 주춧돌의 수평을 잡기가 만만치 않았다. 삽질을 해서 높낮이를 맞춰야 하는데 사방에 나무뿌리가 엉켜있어서 삽날이 먹질 않았다. 조선낫을 휘둘러 뿌리를 하나하나 제거해가며 삽질을 하자니 추운 날씨에도 땀이 송골송골 맺혔다. 힘도 들지만 뿌리를 잘라낼 때마다 나무들에게 여간 미안하지 않았다. 하지만 어쩔 수 없는 노릇이다.

　주춧돌의 수평을 잡는데 꼬박 세 시간이 걸렸다. 주춧돌의 수평을 얼마나 잘 잡느냐에 따라 시설물의 운명이 달라진다. 난관에 봉착했다고 해서 대충했다가는 단박에 구조가 틀어져서 삐뚤빼뚤 꼴이 말이 아니게 된다. 그래서 기초공사가 가장 중요하고 어렵다. 덕분에 일을 도와주러 온 선배가 톡톡히 고생을 했다.

우리가 기초공사를 하는 동안 공동체 일이라면 앞뒤 안 가리고 두 팔을 걷어붙이고 나서는 후배가 목재 재단을 했다. 도면에 맞춰 목재를 재단하는 일은 꽤나 까다로운데도 후배는 거침이 없다. 워낙 일머리가 좋기도 하지만 시설물을 지을 때마다 묵묵히 일손을 거들어온 풍부한 경험이 밑바탕에 깔려있기에 가능한 일이다. 매번 느끼는 바지만 참으로 든든하다.

기초공사를 끝낸 뒤 곧바로 주춧돌에 기둥을 세우고 나사못으로 고정을 해나갔다. 그런 뒤에는 가로대를 댔다. 이때도 역시 수평자를 대고 하나하나 직각을 잡아줘야 한다. 그래야 구조에 문제가 생기지 않는다. 가로대는 직결볼트로 고정을 했다. 쓸 때마다 느끼지만 직결볼트는 정말로 끝내주는 나사못이다. 직결볼트 하나가 이 톤의 무게까지 견딘다고 하니 체결만 해놓으면 짱짱하기가 이루 말할 수 없다. 작업 속도도 어마어마하게 빨라진다. 직결볼트가 없다면 일일이 홈을 파서 끼워 맞춰야 한다. 누가 만들었는지 몰라도 볼수록 고마운 발명품이다.

구조를 세우고 나자 비로소 마음에 여유가 생긴다. 쉬는 시간마다 아이들이 몰려와서 뭘 만드는 거냐고 질문을 한다. 반짝이는 눈들이 참으로 귀엽다.

커피를 마셔가며 잠시 숨을 고른 뒤에 뒷간의 밑틀과 문틀을 짰다. 구조 작업을 끝내놓으니 일이 일사천리다. 더욱이 설계 당사자인 친구가 오후부터 합류해서 작업이 한결 수월해졌다. 전문가의 눈에는 아마추어로 보이겠지만 우리끼리는 손발이 착착 맞는다.

밑틀을 짠 뒤 맞배지붕을 얹는데 얼마나 근사한 그림이 나올지 가볍게 마음이 설렌다. 처음 해보는 작업이기도 하지만 이번 시설 작업에서 우리가 가장 중점을 둔 게 맞배지붕이다.

지붕을 얹을 때는 메가타이라는 보강철물을 사용했다. 지붕을 떠받치는 가로대에 메가타이를 간격을 맞춰 고정한 뒤 서까래를 끼워 맞추니 순식간에 맞배지붕의 틀이 갖춰졌다. 이제 서까래에 합판만 얹으면 지붕은 완성이다. 완성된 맞배지붕을 밑에서 바라보니 정말로 근사하다. 앞으로 뒷간을 지을 때는 꼭 맞배지붕을 얹어야겠다는 생각이 절로 든다.

지붕을 완성하고 나니 해가 꼴깍 넘어간다. 작업을 마친 우리는 우르르 술집으로 몰려갔다. 이런 날 한 잔하지 않으면 술이 욕을 한다.

다음 날 삼총사가 일산중학교에 다시 뭉쳤다. 바람은 여전히 세다. 우리는 역할을 분담해서 마감 공사를 진행해나갔다. 계단을 만들고 볼일을 보는 구멍에 깔때기를 달았다. 생태 뒷간의 핵심은 이 깔때기에 있다고 해도 과언이 아니다. 호기성인 똥과 혐기성인 오줌이 섞이면 부패를 해서 냄새가 나고 구더기가 들끓는다. 그러나 깔때기를 달아놓으면 남녀 구분 없이 똥은 고무통으로 떨어져서 왕겨와 섞여 밑거름이 되고 오줌은 말 통에 모여 발효를 거친 뒤 웃거름으로 사용하게 된다. 물론 똥과 오줌이 분리되니 냄새도 없고 구더기도 생기지 않는다.

똥통으로 쓰이는 고무통을 넣고 뺄 수 있는 문짝을 달아주는 것을 끝으로 마감 작업을 끝냈다. 각목으로 기둥에 홈을 만들어서 합판을 끼워주는 방식인데 그간의 경험으로 미루어보면 이 방식이 가장 견고하고 편리하다.

지붕에 셩글이라고 하는 지붕 마감재를 붙이는 것으로 생태 뒷간과 퇴비간이 완성되었다. 셩글도 처음 써보는 자재인데 시공도 간편하고 모양도 예뻐서 아주 만족스럽다. 그동안 써보고 싶어도 돈이 없어서 엄두를 못 냈는데 학교에서 예산을 댄 덕분에 좋은 경험을 쌓은 셈이다.

어쨌건 이번에도 여럿이 힘을 모아 근사한 이야기 한 편을 만들었다. 생태 뒷간과 퇴비간을 지을 수 있도록 결정을 내려준 교장 선생님은 이제 아이들이 시설을 잘 이용할 일만 남았다며 재능 기부에 가까운 품만으로 기꺼이 일을 도맡아준 우리에게 진심으로 고마워했다. 그러나 외려 우리는 학교에 생태 뒷간과 퇴비간을 지을 수 있는 기회를 제공해준 교장 선생님에게 감사를 표하고 싶은 마음이었다. 아이들이 똥과 오줌과 급식 잔반으로 퇴비를 만들어서 학교 텃밭에서 작물을 키운다면 그 얼마나 귀한 경험이고 큰 공부인가.

완성된 시설물을 보고 있노라니 그 어떤 시설 작업을 했을 때보다 보람이 크다. 학교 시설물을 담당하는 기사가 감상에 푹 빠져

있는 내 곁으로 다가와서 이런저런 질문 끝에 이런 일을 하면 돈 좀 되느냐고 넌지시 물어왔다. 빙긋 웃으며 재능기부나 다름없다고 대답을 하자 그는 고개를 갸웃거렸다. 그러더니 돈도 안 되는 일을 무엇 때문에 하고 다니느냐고 도무지 이해할 수 없다는 표정으로 재차 물어왔다. 꼭 필요한 일이라서 한다고 대꾸하자 그는 골똘한 표정으로 결혼은 했느냐고 되물었다. 그렇다고 고개를 끄덕여주자 그럼 생활은 어떻게 꾸리냐고 집요하게 물어온다. 다른 직업이 있노라고 씩 웃어 보이자 그는 도통 모르겠다는 표정으로 이상한 양반이라는 말을 남기고 발길을 되돌렸다.

나는 고개를 갸웃거려가며 멀어져가는 그의 뒷모습을 물끄러미 쳐다보았다. 이상한 양반이라, 하긴 우리가 하는 일이 세상의 눈으로 보면 이상하고 별나 보일 수도 있을 것이다. 더러는 쓸데없는 일을 하고 다니는 것으로 비칠 수도 있다.

그러나 아무래도 좋다. 삶으로 엮어내는 이야기들이 살아갈 힘을 주기 때문이다. 몸을 쓰지 않고 의미 없는 일상을 견뎠던 과거에는 경제적 어려움은 덜한 대신 늘 삶이 피폐하게 느껴졌다. 생존을 목표로 굴러가는 삶이 허망하기 짝이 없었고 인생을 낭비하고 있다는 자괴감은 한시도 떠나질 않았다. 그런데 지금은 경제적 어려움에 늘 허덕이면서도 삶이 풍요롭게 느껴진다. 가치 있는 시간들로 채워진 하루가 행복하고 삶으로 스스로를 보살피고 있다는 느낌이 온몸을 어루만진다. 또한 우리가 만들어내는 이야기가 우리 아이들의 미래라는 생각이 무시로 든다.

　내년에도 시설 작업 없이 농사를 짓고 싶다는 바람과 달리 적잖은 시설 작업이 예약되어있다. 그런데 싫기는커녕 외려 얼마나 다채로운 이야기들이 펼쳐질지 자못 기대되고 설렌다. 몸으로 써내려가는 이야기들이 삶을 얼마나 풍요롭게 살찌우고 비옥하게 만드는지 안다면 누구라도 그러할 것이다.

| 생태 화장실 설계도 |

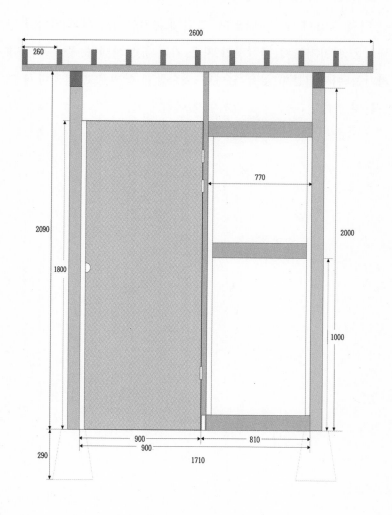

전면

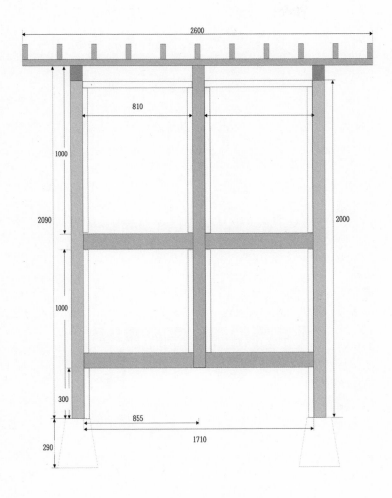

후면

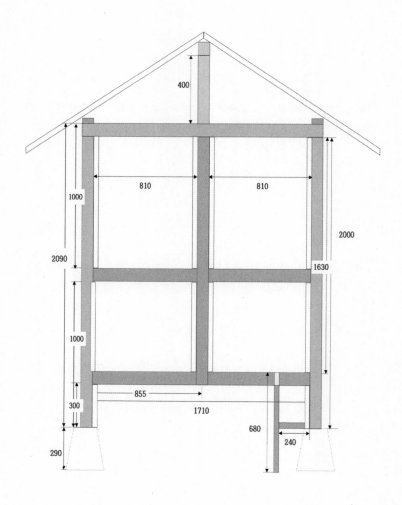

좌우 측면

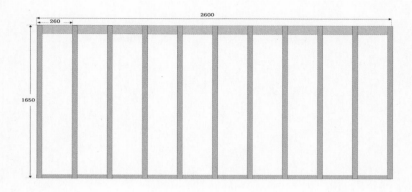

지붕

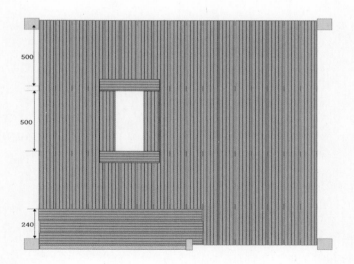

마루

요즘 들어서 농장에 나갈 때마다 부쩍 하나의 장면을 상상하곤 한다. 논과 밭마다 생태계가 완전히 되살아나서 동물원이나 박물관에서나 만날 수 있는 뭇 생명들이 자유로이 노닐고, 아이들이 그 속에서 예전의 우리가 그랬듯이 마음껏 뛰어다닌다. 노인들은 뒷짐을 진 채 젊은 농부들을 독려하고, 고양시 외곽의 농촌마다 장터가 열려서 농부들과 도시민들이 소통하며 함빡 웃는다. 오가는 이마다 반갑게 웃으며 인사를 하고, 서로의 안부를 걱정해주고, 청소년들은 그러한 삶을 몸으로 익혀가며 스스로의 삶을 개척한다. (…) 과연 그 모든 게 한낱 꿈에 지나지 않을까.

4부

○

춤추는 마을을 꿈꾸다

여보시게 이야기를 써보는 건 어떻겠나?

세상에서 가장 빠른 새는 눈 깜짝할 새라는 오래된 우스갯소리가 있다. 글쓰기를 손에서 내려놓은 지 십오 년의 세월이 정말로 눈 깜짝할 새에 지나갔다. 돌이켜보면 바로 엊그제 같으면서도 아스라하다. 하, 믿기지 않아 거울을 보면 주름이 자글자글한 사내가 멀뚱멀뚱 서 있고 거실을 내다보면 갓난아기였던 딸은 처녀가 다 되었으며 반백의 아내는 염색을 시작한 지 이미 오래되었다.

글 동네를 떠난 몇 년간 많은 사람이 소설은 언제쯤 다시 쓸 거냐고 물어오곤 했다. 그때마다 나는 뒷머리를 긁적여가며 언젠가 쓰지 않겠느냐고 궁색하게 말꼬리를 흐렸다. 그렇게 몇 년이 더 흘러 십 년이 지나자 아무도 소설 얘기를 꺼내지 않았다. 대신 어떻게 살고 있느냐고 물어왔고 나는 그냥저냥 잘 살고 있다고 대꾸했다. 소설가로서는 끝난 것 같다는 풍문도 심심찮게 들려왔다. 그런 날은 아린 마음에 늦도록 술잔을 기울였다. 십오 년이 지나자 어떻게 사느냐고 묻는 사람도 없었고 이러저러한 추측성 풍문도 더 이상 들려오지 않았다.

누구에게도 털어놓지 않았지만 몇 년 주기로 소설을 쓰기 위해 발버둥을 치긴 했다. 그런데 이상하게도 쓸 수가 없었다. 허덕허덕 쫓기는 생활고가 걸림돌로 크게 작용했지만 예전 같으면 어떤 식으로든 글을 써냈을 것이다. 그런데 소설을 쓰고자 마음만 먹으면 어찌 된 일인지 머리가 텅 비면서 사지에 힘이 풀렸다. 그렇게 힘이 풀리면 다시는 소설을 쓸 수 없을지도 모른다는 두려움이 엄습해왔다. 그러면 매번 그래 왔듯이 아직은 글이 아니라 생활에 집중할 때라고 변명 아닌 변명을 늘어놓으며 몇 걸음 뒤로 물러섰다.

왜 그랬을까. 지금도 쉽사리 이해되지 않는다. 고전영화 〈빠삐용〉을 거론할 때 빠삐용이 나환자촌 우두머리의 담배를 받아 피우는 장면과 절벽에서 뛰어내리는 마지막 장면을 흔히 최고로 꼽지만 내게는 그에 못지않게 인상적인 장면이 있다. 바로 빠삐용이 꿈속 사막에서 재판을 받는 장면이다. 아내를 죽이지 않았다고, 억울하다고 울부짖는 빠삐용에게 내면의 목소리가 유죄판결을 내린다. 도대체 내가 무슨 죄를 지었느냐고 항변하는 그에게 내면의 목소리가 단호한 어조로 선언하듯 말한다. 인생을 낭비한 죄! 빠삐용은 힘없이 고개를 떨어뜨리며 돌아선다.

당시 내 심정이 똑 그러했다. 인생을 낭비하고 있다는 자괴감이 한시도 머리에서 떠나질 않았다. 가장으로서 하루하루 최선을 다했지만 그게 면죄부가 될 수는 없었다. 달랑 불알 두 쪽밖에 없는 처지에 이만큼 사는 것만 해도 감사한 일이라는 생각과 다람쥐 쳇바퀴 도는 생활에 매달려 삶을 구걸하는 건 치욕이라는 자의식이 무시로 충돌했다. 곱씹어 생각해봐도 내가 인생을 낭비하고 있는 건 틀림없는 사실이었다. 삶의 목표가 생존이 아닌데 생존을 향해 거수경례를 하다니 도무지 받아들여지지 않았다.

찬찬히 들여다보면 당시의 내 삶엔 이야기가 없었다. 등에 태엽을 단 인형은 이야기를 만들 수가 없다. 이야기를 잃어버린 삶에는 관념만 남는다. 관념의 외피를 입고 허청거리는 이의 운명은 고인 물과 같다. 그러니 소설을 쓰고자 한껏 어깨에 힘을 주고 달려들었다가 나가떨어지는 건 당연한 귀결이었다. 삶 속에서 이야기를 창조하지 못하면서 소설을 쓰겠다는 자체가 억지라는 걸 번연히 알면서도 아니라고, 쓸 수 있다고 생떼를 부렸으니 고집도 그런 고집이 없다. 물론 그만한 고집도 없었다면 지금의 나도 없을 것이다.

젊은 날에는 참으로 유혹이 많았다. 시간은 불안으로 흔들리기도 했으며 불안이 영혼을 잠식해올 때는 참담한 자괴감에 빠지기도 했다. 흔히들 작가라면 멋있는 삶을 살 거라는 오해를 하곤 하는데 대다수 작가의 삶은 누추하고 남루하다. 글 하나만 바라보고 치달아온 탓에 다른 삶을 꿈 꿀 수 있는 여지도 거의 없다. 은퇴한 운동선수의 처지와 비슷하다고 보면 크게 무리가 없을 것 같다.

그런데 텃밭에서 노동을 하면서 불안이 사라지기 시작했다. 글 쓰는 걸 제외하면 할 줄 아는 게 거의 없다고 생각해왔던 게 착각이란 걸 깨달았기 때문이다.

텃밭농사를 시작한 첫해에 손수 재배한 배추와 무로 김장하기 시작한 것을 필두로 시설 작업을 하고, 장아찌를 담그고, 여러 가지 청을 빚기까지 하면서 소비에 의존하지 않고서도 살아갈 수 있겠다는 자신감이 불안에 떨던 몸을 우뚝 일으켜 세웠다. 몸을 어떻게 쓰느냐에 따라서 자급자족이 얼마든지 가능할 수 있겠다는 자각은 소비에 쫓기던 불안감이 집어삼킨 자존감을 오롯이 되살려냈고 졸아들 대로 졸아든 상상력에 숨결을 불어넣었다.

텃밭농사를 짓기 시작하면서부터 영영 잃어버린 줄 알았던 이야기들이 서서히 되살아났다. 삶이 이야기를 만들어내기 시작하자 사는 재미가 솔솔 피어나고 인생을 낭비하고 있다는 자의식은 깃털처럼 가벼워지다가 자취를 감추었다. 자의식이 사라지자 삶을 새롭게 시작해보고 싶다는 의욕이 용솟음쳤다.

나는 용기를 내어 생활인의 굴레를 훨훨 털어버렸다. 그렇다고 가장의 의무를 져버렸다는 얘기는 아니다. 최소한의 의무만을 남겨두고 꿈을 향해 도약하기로 결정했다는 의미이다. 다행히 아내가 적극적으로 지지를 해주었다.

　나는 텃밭에서 사람들과 신나게 놀며 이야기꽃을 피어나갔다. 농사의 규모는 해를 거듭할수록 커졌고 교우의 폭 또한 그만큼 넓어졌다. 그러던 어느 날 벗들과 함께 밭을 일구는데 문득 내가 자랑스럽다는 생각이 들었다. 소설을 내려놓고 세상에 뛰어들어 깨지고 차이면서 어느 순간 잃어버렸던 자부심을 되찾았을 때의 희열을 뭐라고 설명할 수 있을까. 내가 누군지 다시 보게 되고 내 뜻대로 세상을 온전히 살아낼 수 있겠다는 자신감에 차서 우러러본 하늘은 눈이 부시도록 푸르렀다.

　그 순간 다시 소설을 쓸 수 있겠다는 예감이 정수리를 꿰뚫었다. 하지만 나는 예전처럼 조급하게 굴지 않았다. 조급하게 달려들 하등의 이유가 없었다. 삶의 우물이 깊으면 어느 날 조용한 손길이 다가와 어깨를 톡톡 두드리며

　"이 얘기를 써보는 게 어떠신가?"

　하고 나직이 읊조리는 순간이 찾아온다.

　나는 그 자연스러운 만남을 기다리며 벗들과 더욱 열심히 농사를 지었다. 학교와도 인연이 닿아 아이들과 함께 농사를 짓기도 했고 공동체를 꾸려 삼천 평에 달하는 밭을 일구기도 했다. 그러나 한해 농사를 갈무리하면서 정체성에 혼란이 왔다. 내가 농부인가. 아무리 곱씹어 봐도 내 정체성은 농부가 아니었다. 그럼 나는 누구란 말인가. 진지한 고민 끝에 농사를 좋아하는 소설가란 결론

에 이르렀다. 그래서 이듬해부터 이백 평 규모로 밭을 줄였고 남는 시간에 짬짬이 책을 읽었다.

그러던 어느 겨울, 등 뒤에서 은밀한 속삭임이 들려왔다.

"여보시게, 이 얘기를 써보면 어떻겠나?"

꿈결처럼 나른하면서도 메아리처럼 울려 퍼지는 속삭임에 심장이 우둔우둔 뛰기 시작했다. 십오 년 만에 등을 두드리는 속삭임은 너무나 익숙하고 친근했다.

그렇게 해서 재작년 가을에 세상에 내보낸 게 청소년 장편소설 『너 지금 어디 가?』였다. 십오 년 만에 다시 소설을 쓰는 과정이 쉽진 않았다. 머리와 몸이 모두 굳을 대로 굳어서 구성을 시작해서 탈고하기까지 매일 끙끙거려야만 했다. 은퇴했던 운동선수가 십오 년 만에 몸도 풀지 않고 경기장에 들어선 것이나 무엇이 다를까. 하지만 텃밭에서 축적해온 에너지가 하루하루 기운을 북돋워 주었다.

지나간 얘기지만 텃밭농사를 시작하지 않았다면 나는 다시는 글을 쓰지 못했을지도 모른다. 텃밭농사를 지으면서 사람들과 이야기를 만들어내고 그 이야기 속에서 세상 풍파에 시달리며 잃어버렸던 자존감을 되찾지 못했다면 지금도 생존의 어느 뒤안길에서 헤매고 있을 것만 같다. 먼 길을 걸어와서 책 한 권 세상에 내놓았으나 시작은 지금부터다.

젊은 날, 시인 민영 선생과 술잔을 기울였던 날이 있었다. 머리가 허옇게 센 선생은 젊은 작가들과 흉허물없이 권커니 잣거니 잔을 기울이다가 파장 무렵에 특유의 어눌한 목소리로 한 말씀 하셨다.

"여보시게들, 글 잘 쓰려고 하지 말고 평생 쓰시게."

당시에는 대수롭잖게 흘려들었는데 이제는 그 말의 참뜻을 어렴풋하게나마 짐작할 수 있을 것 같다.

돌이켜보면 참으로 먼 길을 에돌아왔다. 쓰러질 듯 쓰러질 듯 허청거리며 버텨온 시간들이 후회스럽진 않으나 아쉬움은 남는다. 너무 먼 길을 돌아왔기 때문이다. 하지만 그 길이 아니었다면 이 시간도 존재하지 않을 것이다. 그래서 험난했던 그 길이 너무나 소중하고 고맙다.

올해에도 나는 사람들과 열심히 밭을 일구며 땀방울을 흘리겠지만 먼 길을 에돌아온 만큼 글 농사도 있는 힘껏 지을 생각이다. 그게 농사를 좋아하는 소설가라는 정체성에 어울리는 삶 아니겠는가.

한 알의 씨앗이 들려주는 이야기

한 해 농사가 저물어간다. 여러 해 텃밭을 일궈왔지만 올해에는 그 어느 때보다 뿌듯하고 든든하다. 밭 설계에 각별히 신경을 쓰고 부지런히 돌본 덕분에 무엇보다 수확물이 풍성하다. 베란다에는 가족들이 겨우내 먹을 고구마와 땅콩을 알토란같이 쟁여놓았고, 봄에 수확해서 그늘진 벽에 걸어둔 마늘과 양파도 김장할 만큼 넉넉하게 남아있다. 10월 하순에 수확한 생강도 종이 상자에 담아 사 킬로그램 남짓 보관을 해놓았으니 일 년 먹기에 충분하다.

텃밭에는 배추와 김장 무와 쪽파와 갓이 무럭무럭 자라고 있으니 김장을 할 만반의 준비가 갖추어진 셈이다. 그뿐만 아니라 총각무와 순무를 비롯해서 이십여 통의 양배추와 빨간 무, 울금도 수확을 앞두고 있다.

농사 못지않게 올해에는 가공에도 품을 많이 들였다. 깻잎장아찌도 봄까지 먹을 수 있을 만큼 담가두었고, 오이지와 삭힌 고추도 두고두고 먹을 수 있을 만큼 만들어놓았다. 야콘잎차도 인심을 써도 좋을 만큼 덖어놓았다.

올해에는 이런저런 청도 많이 담갔는데 청을 담은 항아리와 유리병들로 베란다가 좁을 지경이다. 여주청을 비롯해서 야콘 대로 담근 청과 생강과 생강 대를 섞어서 담근 청, 삼 년을 키운 도라지로 담근 청과 앞으로 담글 울금청까지 그야말로 쳐다만 보고 있어도 배가 부르다. 집에 놀러 온 동생들은 도심에서 보기 힘든 베란다 풍경에 집에 할머니가 계신 것 같다며 한참을 깔깔대며 웃었다.

그런데 올해 농사가 여느 때보다 뿌듯하고 든든한 진짜 이유는 수확이나 가공이 아닌 종자 때문이다. 삼 년 전부터 종자의 중요성에 눈을 떴지만 농사에 필요한 씨앗이나 모종은 별다른 고민 없이 종묘상에서 구입을 해왔다. 부끄러운 고백이지만 토종 씨앗을 보급하기 위해서 줄기차게 노력해온 풍신난 도시농부들과 함께 농사를 지어오면서도 나는 종묘상에 의존해 농사를 지어왔다. 마음만 먹으면 다양한 열매채소를 비롯해서 잎채소와 곡식류까지 수십 종의 토종 종자를 얻어서 농사를 짓는 게 가능한데도 이런저런 핑계를 앞세워 종묘상에 의존해온 것이다.

종자가 얼마나 중요한지는 새삼 말할 필요도 없다. 후손들의 미래가 종자에 달려있다는 인류학자들의 진단을 굳이 언급하지 않더라도 일정 기간 농사를 지어온 사람이라면 누구나 종자의 중요성을 피부로 느낄 수 있다. 모든 농사가 종자에서 시작되기 때문이다. 그런데 시중에 유통되는 대부분의 씨앗은 불임 씨앗으로 채종이 무의미하다. 그런 씨앗에 의존해 농사를 짓는다는 건 당당한 주인의 삶을 포기한 채 거대 자본의 노예로 살아가는 걸 의미한다.

봄에 텃밭 설계를 하면서 나는 가급적이면 종묘상에 의존하지 말고 스스로의 힘으로 농사를 지을 수 있도록 노력을 해보자고 마음을 다잡았다. 그런 뒤 마늘 주아부터 채종을 했다. 채종한 주아는 작년 가을에 주아를 심어서 수확한 통마늘과 통마늘을 심어 키운 육쪽 마늘과 함께 그물망에 담아서 베란다 그늘에 널어두었다. 강낭콩과 완두콩과 찰옥수수도 잘 말려서 보관했다. 여주 씨앗도 가장 좋은 열매를 선별해서 이백 개쯤 채종을 했다. 척박한 땅에서 농사를 짓다 보니 토종인 조선오이와 사과참외는 수확이 보잘것없어서 채종을 포기했는데 두고두고 아쉬웠다. 그나마 조선오이와 사과참외는 주변에서 씨앗을 쉽게 구할 수 있으니 위안이 된다.

나는 그동안 콩농사에는 별로 관심을 기울이지 않았는데 올해부터는 곡식농사의 중요성을 새삼 깨닫고 귀족서리태와 선비잡이콩과 쥐눈이콩을 조금씩 심었다. 그 결과 내년 콩농사 짓기에 충분한 종자를 확보해놓았는데 여기에 더해 작두콩과 호랑이강낭콩도 씨앗을 구해서 키울 계획을 세워두었다. 땅콩도 가장 실한 놈들로 골라서 넉넉하게 빼놓았고 동아박도 채종을 해서 주변에 나눔을 할 몫까지 충분히 보관을 해놓았다. 토종 흰들깨도 잘 말려서 털 일만 남았다. 종자 보관이 어렵기로 정평이 난 울금과 생강과 야콘 관아도 스티로폼 상자에 상토를 붓고 그 안에 묻어서 보관을 해볼 계획이다. 의성배추와 개성배추도 내년 봄 채종을 위해 모양과 크기가 가장 좋은 걸로 찜 해두었다. 순무와 조선대파와 뿔시금치도 충분한 양의 씨앗을 채종할 수 있을 것이다.

다가올 봄에는 원주에 가서 야생달래를 구해다 달래밭을 일굴 계획도 세워놓았다. 사람의 발길이 미치지 않는 원주의 산속에는 이백여 평에 달하는 야생달래 군락지가 있는데 달래의 크기가 거의 쪽파와 맞먹는다. 그런 달래들이 내 밭에서 자란다는 상상을 하면 입가에 미소가 절로 머문다.

수확물이 풍성한 탓도 있겠지만 다양하게 확보해놓은 씨앗을 한 자리에 펼쳐놓고 찬찬히 들여다보면 꼭 부자가 되기라도 한 것처럼 아랫배가 든든하다. 그뿐만 아니라 씨앗 하나하나가 참으로 거룩해 보이고 그 씨앗을 잘 갈무리해놓은 스스로가 기특하고 대견하다.

무엇보다 씨앗을 채종하면서부터 농사가 더욱 즐거워졌다. 작물에 대한 애정도 도타워지고 내년 농사에 대한 기대감도 부쩍 커졌다. 농사뿐만 아니라 삶 전반에 걸쳐서 근원을 향해 한 발 한 발 다가가고 있다는 느낌이 자리를 잡으면서 일상을 바라보는 시각에도 미세한 변화가 생겼다. 뭐라고 콕 집어서 설명하기 어렵지만 미처 보지 못하고 지나쳤던 소소한 것들에도 눈길이 가고, 무덤덤하게 흘려보내기 일쑤였던 범상한 일들에도 마음이 저절로 움직인다.

씨앗을 채종하면서 얻은 또 다른 수확은 삶의 이야기가 한층 풍부해지고 다채로워졌다는 점이다. 서사가 실종된 시대에 살면서 삶의 이야기를 풍요롭게 살찌워나갈 수 있다는 것은 크나큰 축복이 아닐 수 없다. 이웃한 밭에서 농사를 짓는 사람들 가운데서 씨앗 나눔을 부탁해온 사람도 벌써 여럿이고, 그렇게 나눔 한 씨앗을 통해서 그 이들도 새로운 이야기를 만들어나갈 수 있을 것이다.

또한 삼 년째 함께 농사를 지어온 일산중학교의 텃밭동아리 아이들과도 내년부터 본격적으로 토종 종자로 농사를 지어볼 계획인데 그 속에서 어떠한 이야기들이 만들어질지 벌써부터 설렌다. 올봄에 아이들과 함께 땅콩 모종을 키우고 여름에 배추 모종을 키우는 과정을 통해서도 많은 이야깃거리가 생겨났는데 내년에는 곱절 많은 이야기를 꽃 피울 수 있을 것이다.

농부는 종자를 베고 죽는다는 말을 이전에는 머리로만 이해했었는데 요즘에는 그 말이 몸에 새겨지는 느낌이다. 아마 씨앗을 채종하지 않았다면 그 말을 몸으로 이해하는데 아주 오랜 시간이 걸렸을 것이다. 열심히 채종한 씨앗을 곰곰이 들여다보노라면 씨앗이 내게 말을 걸어오는 것만 같다.

그 이야기에 가만히 귀 기울이다 보면 내가 온전한 삶을 살아
가고 있다는 안도감이 들면서 일상의 시간이 한없이 귀하게 여겨
진다.

마늘을 팔며 야만을 떠올리다

올해에는 공동체 밭과 개인 밭 두 곳에서 마늘농사를 지었더니 그야말로 마늘 풍년이다. 두 곳 모두 작황이 좋아서 씨알도 굵고 대만족이다. '김한수와 아이돌'의 마늘·양파공동체에서 각자의 몫으로 나눈 마늘이 여섯 접 남짓하고 가좌농장의 개인 밭에서 거두어들인 마늘도 일곱 접 가량 된다. 일 년 자급자족할 마늘을 빼고 여기저기 나눔을 한다고 해도 꽤나 많은 양의 마늘이 남는다.

이를 어찌한다, 잠시 행복한 고민에 빠진다. 흑마늘을 만들어 먹을까 아니면 장아찌를 담글까. 그래도 너무 많다. 고심 끝에 가까운 벗들에게 마늘을 팔기로 했다. 전부터 내게서 이런저런 작물을 사고 싶어하는 벗들이 많았지만 자급 밥상을 위한 소규모 농사를 짓다보니 도무지 팔고 자시고 할 게 없었다. 누구에게나 인기가 많기 마련인 감자나 고구마를 비롯해서 땅콩, 옥수수, 당근, 양배추, 토마토 등속은 우리 가족 먹을 걸 대기에도 바빴다. 그런데 드디어 팔 수 있는 작물이 나온 것이다. 도시농업에 입문한 지 꼭 칠 년 만이다. 얼추 가늠해보니 네 접의 마늘을 팔 수 있다는 계산이 섰다.

팔 수 있는 작물이 생기면 꼭 연락을 달라고 신신당부했던 벗들에게 연락하니 반색을 하며 당장 보내달란다. 알았다고 답을 한 뒤 전화를 끊으니 아뿔싸, 정작 중요한 가격을 제시하지 않았다. 마늘을 팔겠다면서 가격도 정하지 않다니, 매사에 엄벙덤벙하기 일쑤인 스스로의 아둔함에 절로 한숨이 나온다. 어쨌건 그제서야 인터넷을 통해 생협에서 판매되는 마늘의 가격을 알아보았다. 한살림과 아이쿱생협과 여성민우회생협의 마늘 가격은 한 접당 대략 이만 오천 원 안팎이었다. 답답하다. 차라리 그냥 줬으면 줬지 추호도 그 가격엔 팔고 싶은 생각이 들지 않았다.

우선 자존심이 허락하지 않았다. 비록 규모는 작지만 고양도시농업 네트워크에 소속된 우리는 우리가 키운 작물이 최고라는 자부심을 지니고 있다. 검정비닐과 화학농약과 화학비료를 사용하지 않고 철저하게 유기순환 생태농업을 견지해왔기에 그만한 자부심이 없다면 외려 이상한 일이다. 불가피한 상황이 아니면 기계를 동원해서 로터리도 치지 않고 밭을 농기구만으로 일구어왔다. 모든 게 흙을 살리기 위함이다. 생태 뒷간을 지어서 자가퇴비를 만들고, 집에서 모은 오줌과 막걸리를 섞어서 웃거름을 주고, 손수 만든 난각칼슘과 청을 희석해서 엽면시비를 해온 것도 자연에서 얻은 만큼 자연에 돌려줘야 한다는 원칙을 지키기 위해서였다. 작물도 가급적이면 강하게 클 수 있도록 인위적인 개입을 최대한 삼갔다. 어지간히 가물지 않고서는 뿌리를 깊이 내릴 수 있도록 물을 대주지 않았고, 해충으로부터 스스로를 보호할 수 있는 힘을 키울 수 있도록 천연 농약의 사용도 자제했다(물론 진딧물은 예외다). 그 덕분에 우리가 키운 작물을 먹어본 노인들은 고개를 갸웃거려가며 이구동성으로 이상하게 옛날 맛이 난다고 입을 모은다. 옛날 맛이 무엇이겠는가. 당연히 그러해야하지만 이제는 사라져서 찾아보기 어려운, 작물 고유의 자연스러운 맛이 옛날 맛이다. 하지만 유기순환 생태농법이 아니고서는 결코 맛볼 수 없는 맛이다.

자존심도 자존심이지만 그간의 지난했던 노고를 생각하면 더더욱 마늘을 그 가격에는 도저히 팔 수 없었다. 농기구로 밭을 일구고, 왕겨와 볏짚과 낙엽으로 보온 작업을 하고, 오줌을 모아서 웃거름을 주고, 두어 차례 김매기를 하고, 낙엽으로 멀칭을 하고, 마늘종을 뽑기까지의 과정은 그야말로 지난함의 연속이었다. 마음고생은 또 어떠했는가. 무탈하게 겨울을 잘 견디고 있는지 겨우내 무시로 농장에 들러 밭을 둘러보고, 봄 가뭄이 지속되었을 때는 속이 바짝바짝 타들어갔다. 말을 안 해서 그렇지 몸 고생보다 마음 고생이 더욱 견디기 힘들었다.

나는 보다 규모 있게 농사를 짓는 지기들에게 자문했다. 그들 또한 그때까지 가격을 정하지 못하고 고민에 고민을 거듭하고 있었다. 올해 마늘과 양팟값이 워낙에 똥값인 데다가 현지의 농민들이 마늘과 양파의 수확을 포기하고 밭을 갈아엎기 시작했기 때문이었다. 우리는 머리를 맞대고 고민을 한 끝에 한 접당 오만 원으로 가격을 책정했다. 아무리 생각해도 그 밑으로는 수지 타산이 맞질 않았다.

나는 그 즉시 마늘을 사기로 예약을 한 벗들에게 전화를 넣어서 가격을 알려주었다. 혹시라도 비싸다고 하지나 않을까 내심 걱정이 됐지만 어쩔 도리가 없었다. 그러나 다행히도 벗들은 살 수 있는 것만 해도 고맙다며 더 이상 뒷말이 없었다. 순간 뭉클했다. 제값을 받아서가 아니라 그간의 가치를 인정받았다는 사실에 나는 오히려 벗들에게 무한한 고마움을 느꼈다. 나중에 마늘을 받아서 먹어본 벗들은 엄지손가락을 쑤욱 치켜세우며 좋은 마늘을 보내줘서 정말 고맙다고 다시 한 번 인사를 해왔다. 나는 그런 벗들의 반응에 우리가 서로를 돌보고 있다는 인상을 강하게 받았다.

어쨌건 그렇게 해서 마늘 네 접을 이십만 원에 팔았다. 시중가격보다 서너 배는 비싸고 생협과 비교해도 두 배나 높은 가격에 판 셈이다. 그러나 제값에 작물을 팔았다는 보람보다는 복잡한 감정이 앞섰다. 시중에서 마늘 한 접이 만 원에 판매가 된다면 현지에서는 이천 원쯤에 거래가 된다는 얘기다. 사실 전업농들은 평당 생산비용이 우리보다 훨씬 많이 든다. 비닐에 농약에 화학비료 같은 농자재 가격은 말할 것도 없고 농기계 사용 비용에 인건비에 운반비까지 그야말로 밑 빠진 독에 물 붓기 식으로 돈이 무한정 들어간다. 그런데 마늘이 그 가격에 거래된다는 것은 그야말로 죽으라는 얘기밖에 안 된다. 아니나 다를까, 인터넷에서 마늘과 관련된 기사를 찾아보니 마늘과 양파 주산지마다 밭을 갈아엎다 못해 항의 시위가 봇물을 이루고 있었다.

가족의 목숨줄이 달린 밭의 수확을 포기한 채 생으로 갈아엎어야 하는 농민들의 절망과 분노가 얼마나 크고 깊은지를 나는 차마 안다고 말할 수가 없다. 일반 노동자들이 해마다 되풀이해서 일 년 치 월급을 떼어먹힌다면 오늘날 농민들의 처지에 대한 적절한 비유가 될 수 있을까. 아마 그렇다면 노동자들도 농민들처럼 사방에서 목숨줄을 끊을 것이다.

그런데 도시에서는 누구도 농민들의 얘기에 귀 기울이지 않는다. 농가를 돕자는 이벤트성 행사가 번개 장터처럼 열릴 뿐 대다수의 도시 소비자들은 마치 횡재를 하기라도 한양 싼 가격에 내심 반색을 한다. 사실 도시의 삶은 농촌 수탈을 근간으로 유지됐고 지금도 그러하다. 농촌을 수탈하지 않고서는 저임금 구조 속에서 근근이 삶을 이어가는 노동자들의 삶은 유지될 수가 없다. 일반 노동자들에게 유기농산물은 그림의 떡일 뿐이다. 언제가 본 해외 다큐멘터리에서 극빈의 삶을 이어가는 멕시코 노동자의 가족이 일 달러짜리 파프리카와 햄버거 앞에서 고민하는 장면을 본 적이 있다. 병을 앓는 가족들을 위해 간절히 채소를 사고 싶었던 아이들의 엄마는 결국 살기 위해서 피눈물을 머금고 햄버거를 사고 말았다. 그러나 그건 먼 이국땅의 이야기만은 아니다. 이 땅에서도 지금 이 순간 끊임없이 되풀이해서 벌어지고 있는 일이다. 실업자가 차고 넘치는 와중에 비정규직 노동자가 천만 명을 웃도는 구조 속에서 그건 필연일 수밖에 없다. 그건 사회구조가 바뀌지 않는 한 농촌을 수탈하지 않고서는 먹고 산다는 일이 불가능하다는 얘기나 마찬가지다. 내게서 마늘을 산 벗들은 다들 먹고사는데 별다른 어려움이 없다. 그래서 선뜻 지갑을 열 수 있었던 것이다. 하지만 대다수에게는 어림도 없는 얘기다. 피폐한 하루하루를 견디는 이에게 건강을 위해서 유기농을 먹으란 얘기는 내게 몸에 좋으니 산삼을 사 먹으란 얘기나 다름없다.

언제부터인가 이 땅은 타인의 노동을 수탈하는데 익숙해졌다. 도시가 농촌을 수탈하고 자본을 독점한 세력이 노동자들을 수탈하는 구조 속에서 이 땅의 지식인과 언론은 소비가 미덕이라는 논리를 앞세워 사람들의 의식을 마비시켜왔다. 생산자가 소비자로 전락하는 순간 수탈은 정정당당해진다. 소비자가 왕이기 때문이다. 동시에 모든 소비자는 무기력해진다. 소비자는 애오라지 소비자일 뿐 생산자가 아니기 때문이다. 과거의 삶과 현재의 삶을 대비해보면 이는 명확해진다. 과거에 우리는 어지간한 것은 스스로 해결했다. 그런데 지금은 혼자서 해야 마땅한 공부도 학원이라는 상품을 통해 소비하지 않는가.

그러나 소비가 중심인 사회의 가장 무서운 함정은 우리의 일상적이고 보편적인 의식을 마비시킨다는 점이다. 여기에서 경쟁지상주의가 힘을 얻는다. 소비하기 위해서는 경쟁을 해야만 하고 경쟁에서 패배한 자들은 소비할 권리가 없다는 논리는 점점 공고하게 우리의 일상을 지배하고 있다. 언제부터인가 가난은 개인의 무능함이나 천성의 게으름 때문이라는 얘기가 권위를 얻기 시작했다. 그러나 우리 주변을 조금만 돌아보면 그 얘기가 얼마나 허무맹랑한 것인지 단박에 꿰뚫어볼 수 있다.

후배 가운데 도배사가 있다. 이십 년 전에 그 후배는 일당 십오만 원을 받았다. 그런데 기술이 일취월장한 지금은 되레 십이만 원을 받는다. 1급 용접공은 한때 삼십오만 원의 일당을 받았지만 이제는 이십오만 원을 받는다. 이십 년 전 백만 원의 월급을 받았던 사람들이 지금도 백만 원을 받는다. 더욱 중요한 것은 예전에 백만 원을 받았던 사람들은 모두 정규직이었지만 물가가 몇 배가 뛰어오른 지금 백만 원을 받는 사람들은 비정규직이라는 점이다. 그런데 세상을 지배하는 논리는 실업자나 비정규직은 경쟁력을 갖출 그 어떠한 노력도 하지 않았기 때문에 도태되는 것이 당연하며 억울하면 지금부터라도 스펙을 쌓으면 얼마든지 신분 상승이 가능하다는 것이다. 사기 여부를 떠나서 야만도 이런 야만이 없다. 쌍용자동차 노동자들의 죽음과 삶의 터전을 지키기 위해 힘겨운 싸움을 이어가고 있는 밀양의 할머니와 할아버지들을 향해서도 자기의 이익을 위해서 물불 안 가리고 달려드는 이기주의자라고 서슴없이 몰아붙이는 이 사회를 과연 무어라 이름 붙여야 할까.

농촌을 수탈하지 않고 살기 위해선 사회구조가 바뀌어야 하고 사회구조를 바꾸기 위해서는 도시를 지배하는 의식에 맞서 저항하고 과감히 결별해야만 한다. 당연히 소비를 중심으로 짜인 의식구조도 해체하고 생산 중심으로 전환해야 한다. 그래야지만 서로의 노동을 동등하게 바라보고 서로의 삶을 보살필 수 있다.

눈이 많이 왔던 작년 겨울에 칠순을 넘긴 경비아저씨가 혼자 눈을 치우고 있었다. 그런데 지나가던 중년의 아낙네 하나가 사납게 눈을 흘기며

"위험한데 저 뒤쪽은 왜 눈을 안 치우나 몰라."

하고 부러 큰소리로 게두덜거리는 풍경을 목격한 적이 있다.

최근에는 음식물 쓰레기를 분리수거함에 쏟지 않고 천연덕스러운 표정으로 분리수거함 옆에 내려놓고 사라지는 일도 심심찮게 볼 수 있다. 이러한 행위의 이면에는 소비자의 당연한 권리라는 무의식이 똬리를 틀고 있는 것이다. 아파트의 관리비에는 경비아저씨의 인건비도 포함되어 있기 때문에 자신에게는 그보다 더한

권리를 행사할 권한이 있으며 경비아저씨는 여하한 경우에도 복종할 의무가 있다는 생각이 각인되어 있지 않다면 이러한 일상적 폭력을 자행한다는 건 달리 설명할 길이 없다.

청소부도 노동자고 일용직도 노동자이며 의사나 판사도 노동자다. 학생도 노동자고 선생도 노동자이며 고위 공직자나 대통령도 노동자다. 우리의 의식이 모든 노동자가 동일한 임금과 대우를 받는 걸 당연시하게 될 때 세상은 비로소 달라지기 시작할 것이다. 위험한 일을 하는 건설 노동자들이 의사보다 더 많은 임금을 받는 걸 당연하게 여기게 된다면 그때는 이미 세상이 많이 달라져 있지 않을까. 그때는 도시가 더 이상 농촌을 수탈하는 게 불가능할 것이고 어쩌면 모든 농민은 공무원이 되어 있을지도 모른다. 그러면 모든 농민은 더 이상 화학 농법으로 땅을 수탈하지 않고 유기순환 생태농법으로 농사를 지을 게 분명하고 도시민들은 누구나 걱정 없이 일상적으로 유기농을 즐길 수 있을 것이다. 그러면 나 역시도 마늘 한 접에 오만 원 받은 걸 마음 놓고 기뻐할 수 있지 않을까.

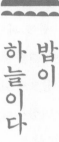

밥이 하늘이다

먹던 밥을 남겨도 아무렇지 않은 시절이 되어버렸다. 당장 우리 딸부터가 그렇다. 쌀 한 톨은 농부의 피땀이라고 늘 지청구를 해대지만 딸은 밥그릇에 들러붙은 밥알을 거들떠보지도 않고 숟가락을 내려놓기 일쑤다. 다른 집 사정도 별반 다를 게 없다. 외식할 때 보면 쓰레기통으로 직행하는 밥이 차고 넘친다. 언제부터 밥이 이토록 흔해졌을까. 흔해졌다고 아무렇게나 버려도 되는 것일까.

옛날 옛날에 똥구멍이 찢어지도록 가난한 선비가 있었다. 하루는 그 선비가 집을 비운 사이에 멀리서 친구가 찾아왔다. 때마침 점심때라 선비의 부인이 쌀독을 뒤졌으나 쌀이 한 톨도 없었다. 고심 끝에 부인은 삼단 같은 머리채를 팔아서 쌀을 샀다. 행여 손님이 눈치를 챌세라 부인은 머리에 수건을 두르고 집으로 돌아왔다. 한껏 배를 곯은 어린 형제는 엄마가 쌀을 들고 들어오자 입이 귀에 걸렸다. 그러나 부인은 야멸차게 등짝을 때려가며 아이들을 집 밖으로 내쫓은 뒤 딱 손님이 먹을 만큼만 밥을 지었다. 남은 쌀은 비상식량으로 깊숙이 감춰두었다. 밥 냄새에 홀려 집 주변을 어슬렁거리던 형제는 손님이 밥 먹는 모습이라도 구경할 요량으로 창가로 향했다. 형은 동생을 안아 올려 목말을 태웠고 동생은 손님이 밥 먹는 모습을 밑의 형에게 생중계했다.

"형아, 아저씨가 한 숟가락 떴다. 입에 넣었다. 아따, 맛나것다."

형제는 꼴깍꼴깍 연방 군침을 삼켜가며 온 신경을 방안에 곤두세웠다. 그러다 갑자기 동생이 환호성을 내질렀다.

"이야! 형, 밥이 반 남았는데 아저씨가 숟가락 내려놨다."

형제는 손님이 남긴 밥을 먹을 수 있다는 기대에 부푼 채로 밥상을 물리기만 기다렸다. 그러다 그만 동생이 와락 울음을 터트렸다.

"으앙! 형아, 아저씨가 물 말아버렸다."

웃기고도 슬픈 이야기다. 그러나 70년대까지만 하더라도 위의 이야기는 단순한 옛날이야기가 아니었다. 배를 곯는 사람들이 전국 어디를 가나 흔전만전했다. 사람을 만나면 끼니때와 상관없이 밥 먹었느냐고 묻는 게 예의였고, 손님이 찾아오면 어떻게 해서든 밥상을 차려내는 게 도리였다.

나도 밥 꽤나 굶고 컸는데 삼시 세끼를 다 챙겨 먹은 날도 종일

배가 고팠다. 그러다 보니 먹을 것만 보면 눈에 불을 켜고 걸귀처럼 달려들었다. 허겁지겁 정신없이 먹다 보면 으레 밥을 흘리기 마련이었고 그때마다 여지없이 아버지의 불호령이 떨어졌다. 그러면 나는 방바닥에 흘린 밥풀까지 남김없이 주워 먹어야 했다. 그러지 않으면 아버지에게 머리를 얻어맞고 다음 끼니를 걸러야 했다. 냉장고가 없던 시절, 밥에 곰팡이가 슬면 어머니는 그 밥을 찬물에 몇 번이고 빨아서 드시곤 했다. 식중독이 걱정돼서 그냥 버리라고 껴들고 나서면 어머니는 먹을 걸 버리면 천벌을 받는다고 단호하게 무지르며 아무렇지도 않은 표정으로 쉰밥을 목 안으로 넘기셨다.

어렸던 나는 그 모든 걸 가난 탓으로 이해했다. 그래서 밥그릇에 밥풀을 남겼다고 아버지에게 야단을 맞거나 어머니가 쉰밥을 드실 때마다 커서 돈을 많이 벌면 끼니마다 밥을 왕창 남겨서 버리고야 말겠다는 철없는 결심을 하곤 했다. 그러나 점차 머리가 굵어지면서 밥을 버리면 천벌을 받는다던 부모님의 믿음이 꼭 가난에서 기인한 것만은 아니라는 사실을 어렴풋하게나마 짐작하게 되었다. 물론 그렇다고 해서 내가 부모님의 믿음에 동참한 것은 아니다. 부끄러운 고백이지만 불과 몇 해 전까지만 하더라도 나는 쌀 한 톨이 얼마나 귀한 것인지 모른 채 살아왔다. 어려서부터 귀에 딱지가 앉도록 교육받아온 탓에 밥을 함부로 대하진 않았지만 쌀이란 돈만 있으면 언제 어디서나 살 수 있는 상품이란 생각을 당연시했다.

그랬던 내가 부모님이 왜 그렇게까지 쌀을 귀하게 여겼는지 온전하게 깨달은 것은 재작년에 고양도시농업 네트워크 회원들과 함께 장항습지와 구산동의 논에서 벼농사를 짓게 되면서부터다.

주말에 짬짬이 시간을 내어 텃밭을 일구는 도시농부들에게 천 평에 달하는 벼농사는 쉽지 않았다. 이양기나 콤바인의 힘을 빌리면 간단한 일이지만 이십여 종의 토종 볍씨로 벼농사를 짓자고 덤벼들다 보니 기계는 무용지물이었다. 고양도시농업 네트워크에서 벼농사에 뛰어든 목적은 쌀 수확이 아닌, 토종 볍씨를 확보해서 보급하기 위함이었다. 그런데 이십여 종에 달하는 토종 볍씨들을 한 논에서 키우자니 기계의 힘을 빌리고 싶어도 빌릴 재간이 없었다. 전국 각지에서 어렵사리 구한 토종 볍씨들로 직접 못자리에 모판을 내고, 그렇게 키워낸 이십여 종의 모를 종자별로 구획을 나눠 모내기하자니 손 모내기 말고는 달리 방법이 없었다. 그래서 사십여 명의 회원들이 날을 잡아서 못줄을 띄우고 그 줄에 맞춰 손 모내기를 했다.

벼를 수확할 때도 콤바인을 논에 들일 수가 없어서 일일이 낫으로 벼를 베고 수동 발 탈곡기와 홀태를 이용해서 낟알을 훑어냈다. 종류만 많았지 워낙에 소량이다 보니 기존의 건조장이나 정미소를 이용하는 것도 불가능해서 방수포에 벼를 종류별로 펼쳐놓고서 햇볕에 건조해야만 했고, 소형 정미기가 있는 곳을 어렵사리

수소문해 찾아가서 직접 정미를 해야만 했다.

지난한 과정을 거쳐 수확한 쌀을 두 손에 받쳐 들고서 물끄러미 들여다보니 아, 하는 감탄사가 절로 터져 나왔다. 손바닥 위에 놓인 쌀이 어찌나 거룩해 보이던지 가슴이 벅차오르는 가운데 만감이 교차했다.

가장 먼저 떠오른 것은 연자방아와 디딜방아였다. 방앗간이 생기기 전까지 한 줌의 쌀을 얻기 위해 조상들이 겪어야 했을 수고스러움이 영상처럼 눈앞에 펼쳐지면서 오늘을 사는 게 참으로 감사한 일이라는 생각이 절로 들었다. 이어서 가뭄이 들거나 홍수가 났을 때, 혹은 수매 시기마다 TV 뉴스에서 접하던 농부들의 근심 어린 얼굴이 눈앞에 어른거렸다. 모를 내고 쌀을 얻기까지의 힘겨운 과정을 몸소 겪고 나니 그간 먹어왔던 밥이 농부들의 삶과 눈물이었다는 자각이 비로소 일면서, 지각없이 먹어왔던 밥들을 생각하니 한없이 부끄러워졌다. 동시에 밥 한 알이 농부의 피땀이라던 아버지의 불호령과 밥을 버리면 천벌을 받는다던 어머니의 단호했던 말씀이 풍요와 빈곤의 문제가 아닌, 이웃과의 공동체적 삶 속에서 자연스레 우러나온 일체감이었다는 사실이 온전하게 몸으로 전해졌다.

가와지볍씨가 들려주는 이야기

　고양시에 자리 잡고 살기 시작하면서 텃밭농사를 시작했지만 정작 일산 신도시 외곽에 논이 많다는 사실을 깨달은 것은 벼농사를 접하고 나서부터였다. 흔히 고양시 하면 일산 신도시만을 떠올리기 십상이지만 신도시 외곽은 거개가 논으로 이루어졌다고 해도 과장이 아니다.

　어설픈 경험일망정 고양도시농업 네트워크에서 벼농사를 짓기 전까지 나 역시 그토록 넓은 논이 고양시를 둘러싸고 있으리라곤 미처 짐작하지 못했다. 아는 만큼 보인다고 벼농사와 인연을 맺고부터 고양시의 논이 눈에 들어오기 시작했다. 장항습지와 논 사이를 가로지르는 자유로로 숱하게 오가면서도 그저 저기가 논이구나 하고 일별했을 따름이다. 관심이 없으니 눈에 들어오지 않았던 것이다.

고양시의 풍요로운 논들이 눈에 들어오면서 언제고 나만의 벼농사를 지어보고 싶다는 생각을 품기 시작했는데 그러다 보니 토종 볍씨에 더욱 애착이 갔다. 가와지볍씨에 관심을 기울인 것도 그런 연유에서다. 고양시에서 열심히 홍보한 덕분에 가와지볍씨의 존재를 알고는 있었으나 크게 관심을 기울이진 않았었다. 그런데 벼농사에 마음이 이끌리면서부터 가와지볍씨에도 관심이 갔다.

가와지볍씨는 일산 신도시가 건설될 때 실시된 문화유적 기표 조사 과정에서 빗살무늬 토기와 함께 발굴된 볍씨다. 가와지란 '큰 기와집이 있는 곳'이란 뜻으로 지금의 일산 서구 대화동과 송포동 일대에 형성됐던 옛 마을의 고유 지명이다. 방사선탄소연대 측정 결과 가와지볍씨는 5000년 전인 신석기시대 후기의 것으로 밝혀졌고 국제적으로도 큰 반향을 일으켰다. 가와지볍씨의 발굴로 우리의 벼농사가 일본으로부터 유입되었다는 일본인들의 주장은 그 자리에서 설 자리를 잃어버리면서 신석기시대나 청동기시대에 한반도에서 일본으로 벼농사가 전파되었다는 사실이 설득력을 얻게 되었다.

가와지볍씨는 소로리볍씨와 함께 한반도의 농경 문화가 어떻게 시작되고 발전해왔는가를 밝힐 수 있는 중요한 유산일 뿐만 아니라 당시 한반도의 자연환경이 어떠했는지 짐작해볼 수 있는 생생

한 단초를 제공하고 있다.

이전까지 발굴된 볍씨 가운데 세계에서 가장 오래된 것은 중국 양쯔 강 유역에서 출토된 볍씨로 11000년 전의 것으로 국제적 공인을 받았다. 그런데 소로리볍씨는 연대측정 결과 15000년 전의 것으로 밝혀져서 국제학계를 발칵 뒤집어놓았다. 이는 벼농사가 7000~8000년 전에 인도나 동남아시아, 중국에서 시작되었다는 학설은 말할 것도 없고, 우리나라의 벼농사가 중국으로부터 들어왔다는 전래설의 종언을 고했을 뿐만 아니라 구석기시대에는 벼농사가 없었다는 통념까지 뒤집어놓은 놀라운 발견이었다.

그러나 소로리볍씨는 야생벼와 재배벼의 중간 단계인 순화벼의 특징을 띠고 있어서 벼농사가 본격적으로 재배되었다고 보기는 어렵다. 즉, 장립형인 인디카 종과 자바니카 종이 단립형인 자포니카 종과 섞여있는 것이다. 반면에 가와지볍씨는 모두 자포니카 종이었다. 두 벼의 차이를 두고 학자들은 금강과 남한강 사이에서 재배되던 소로리볍씨가 한강을 따라 북상하면서 조상들의 지혜와 노력과 자연환경의 영향을 받아서 가와지볍씨로 진화했을 것이란 추측을 하고 있다. 고양시 일대에서 가와지볍씨가 재배되기 시작하면서 한강 일대에 큰 사회 변화가 일어나기 시작했고, 이 변화는 고조선을 비롯한 여러 국가가 형성되는 데 지대한 영향을 미친 것으로 보인다.

가와지볍씨가 단립형인 자포니카 종이라는 사실은 의미심장하다. 벼의 분포도를 보면 양쯔 강 이남과 동남아는 대부분 장립형인 인디카 아니면 자바니카를 주식으로 삼아왔고, 한국을 중심으로 해서 일본과 요동반도와 중국 동해안 지역은 단립형인 자포니카를 주식으로 삼아왔다. 이는 아시아의 문명이 양쯔 강 문명과 한강 문명으로 나뉘는 것을 의미한다. 한강에서 발화한 문명이 동북아시아로 뻗어 나갔다는 것을 가와지볍씨가 증언하고 있는 것이다.

그러나 가와지볍씨가 지닌 역사성과 상징성보다 더 중요한 것은 현재성이다. 학술적으로 접근하는 것도 크나큰 의미가 있겠지만 결코 간과해서는 안 되는 게 가와지볍씨가 우리의 일상적 삶에 어떤 가치와 의미를 지니는지, 가와지볍씨에 깃든 정신을 어떻게 계승할 것인가 하는 점이다.

5000년 전이건 15000년 전이건 정작 중요한 것은 우리 조상들이 그토록 오랜 세월 동안 벼농사를 지어왔다는 사실이다. 밭농사와 달리 벼농사는 혼자서는 지을 수 없다. 석유 농법이 세계를 지배하고 있는 현대사회에서는 사정이 다르지만 농기계가 보편화되기 이전까지 벼농사는 이웃 없이는 지을 수 없는 농사였다. 기술 이전에 공동체로 맺어진 유대 관계가 필수인 것이다.

가와지볍씨에 관심을 기울이면서 내가 가장 먼저 한 일은 눈을 감고 5000년 전에 벼농사를 지었을 조상들의 모습을 상상해보는 것이었다. 그때의 조상들은 어떤 마음가짐으로 농사를 짓고, 자연과 이웃들과 관계를 맺으며 살아갔을까. 그 시절에는 먹는다는 것이 어떤 의미였으며, 삶을 이끌어가는 원동력은 무엇이었을까. 삶과 죽음은 어떤 의미의 옷을 입고, 꿈과 희망은 어떤 지향점을 품고 있었을까.

워낙에 까마득한 저편이라 상상이 쉽지 않지만 열린 마음으로 계속해서 대화를 시도하다 보면 차츰차츰 조상들의 삶과 마주하는 게 가능해질 것이다. 나는 그 열쇠가 볍씨 속에 있다고 생각한다. 벼농사는 늘 조상들의 삶의 중심에 있었기 때문이다. 그러기 위해서는 제일 먼저 벼의 특성을 알아야 할 필요가 있다.

학창 시절에 배우기도 했지만 벼의 가장 두드러진 특징은 친화와 순화의 힘이다. 벼는 원래 고온다습한 지역에서 자생하기 시작했으나 한랭건조한 지역에서도 거뜬히 적응을 해냈다. 어떤 경로를 통해서 볍씨가 널리 퍼지게 되었는지 정확히 알 길은 없지만 벼는 그 지역의 자연환경에 적응해서 끊임없이 새로운 품종을 만들어내었고 그 종류만 해도 오천여 종에 이른다. 1911년에서 1913년 사이에 전국에서 수집한 『조선도품종일람』에는 우리나라의 재래벼 품종이 무려 일천사백오십일 종에 이르는 걸로 기록되어 있다. 실로 어마어마한 친화와 순화의 힘이다.

벼의 또 다른 특성은 협동이다. 모는 예닐곱 포기만 심으면 수십 포기로 분화해서 무리를 이루고 태풍을 견딘다. 더러 쓰러지는 벼들도 있지만 대부분의 벼는 서로가 서로에게 의지 가지가 되어

태풍의 격랑을 너끈히 이겨낸다.

벼의 친화와 순화와 협동의 힘은 우리 조상들의 삶 속에 면면이 녹아들어 대대로 이어져왔다. 벼와 어우러진 힘이 아니었다면 오늘날의 우리가 존재할 수 있을까. 그러나 안타깝게도 현재 우리의 모습 속에는 가와지볍씨와 소로리볍씨가 들려주는 조상들의 삶이 거의 사라져서 겨우 그 흔적만 남아있을 따름이다. 우리가 볍씨에 깃든 조상들의 삶을 되살려내서 창조적으로 계승하지 않는다면 후손들의 삶이 위태로워질 것은 불을 보듯 뻔한 일이다.

춤추는 벼처럼 살 수 있다면

　천여 가지가 넘는 다양한 벼가 이 땅에 존재했듯이 우리의 조상
들은 다양성을 존중했다. 다양성이 존중 받는 세계는 아름다울 수
밖에 없다. 고양도시농업 네트워크와 함께 이십여 종의 토종벼를
키우는 과정에서 나는 그 아름다움을 만끽할 수 있었다. 우선 토
종벼들은 이름부터가 친근하다. 자광도, 대추찰, 대관도, 옥천돼
지찰, 올벼, 원자벼, 북흑조, 쥐이파리벼, 흑갱, 은방도, 불도, 괴산
찰, 버들벼, 다마금, 녹두도, 흑저도, 자치나, 족제비찰, 보리벼, 각
씨나…… . 토종벼들은 서식 지역이 서로 다른 까닭에 키도, 색깔
도, 까락의 길이도, 알곡의 크기도 제각각이다. 물론 맛과 향도 서
로 다르다.

지난겨울, 함께 벼농사를 지은 사람끼리 모여서 품평회를 열었는데 자광도와 흑갱의 인기가 가장 높았다. 물론 각 쌀의 특성을 정확히 알 수 없어서 똑같은 방식으로 밥을 지었기 때문에 결과만을 놓고 왈가왈부할 일은 아니지만 자광도와 흑갱이 중부지방의 토종벼라는 사실을 감안하면 제법 말이 된다.

　토종벼들은 각기 다른 특징을 지니면서도 대체로 키가 껑충하니 크다. 그 가운데 가장 키가 큰 벼는 북흑조인데 성인 남자의 가슴 높이까지 자란다. 수확하고서 볏짚을 모아놓고 보니 이 땅에서 볏짚 문화가 발달할 수밖에 없었던 이유가 절로 이해가 되었다. 고양도시농업 네트워크에서 이 년째 토종 벼농사를 짓고 있다는 소식을 접한 짚풀 공예가들이 먼 길을 마다치 않고 찾아오는 걸 봐도 토종볏짚의 가치는 짐작하고도 남음이 있다. 그러나 이는 토종 벼농사를 짓는 곳이 없다는 방증이니 참으로 쓸쓸한 얘기이기도 하다.

　멀리 갈 것도 없이 고양시만 해도 그렇다. 그 넓은 논에서 토종벼는 일찌감치 자취를 감추어버렸다. 곰곰이 돌이켜보면 토종벼가 자라는 논이 각별히 아름다웠던 이유는 태어나서 처음으로 바라보는 풍경이기 때문이다. 토종벼가 넘실대는 논은 눈부시게 아름다우면서도 이국적이었다. 이 땅에서 살아온 벼를 두고 이국적이란 표현을 쓸 수밖에 없다는 것은 그 자체로 비극이다. 백 년 전만 하더라도 고양시에는 다양한 벼들이 논을 수놓았을 것이다. 그

건 김포시도 마찬가지였을 것이고, 전국적으로 보면 남부와 중부와 북부지방의 사람들이 서로의 논을 향해 이국적이란 표현을 썼을 것이다. 다양한 종의 나무들이 어우러진 숲 같은 논이 장쾌하게 펼쳐져있다면 얼마나 황홀할 것인가. 그러나 현실은 전국 어디를 가나 동일한 품종의 벼가 획일적인 풍경을 연출하고 있을 뿐이다.

이 땅에서 토종벼가 사라지기 시작한 것은 1900년대 들어서였다. 일본제국주의는 종자 씨말리기를 본격화하면서 일본 종자를 도입하기 시작했다. 일본은 대대적인 우리 벼 종자 수집에 나서 대구조, 용천, 예조, 북흑조, 승나, 각씨나, 백곡나, 강릉도 등 대표적인 우리 종자 수백여 종을 멸종시키고 볍씨를 수집해 갔다. 그 결과 오십여 년 만에 대부분의 토종벼가 사라지고 말았다. 현재 우리가 먹고 있는 대부분의 쌀은 일본 도입종 가운데 가장 대표적 품종인 추청벼로 흔히 '아키바레'라고 부른다. 시중에서 유통되고 있는 다른 품종의 쌀도 고시히카리 같은 일본에서 건너온 품종이 주를 이루거나 그런 품종을 개량한 것 일색이다.

물론 일본 품종이라는 이유만으로 배격할 생각은 없다. 문제는 종의 다양성이다. 최근 추청벼보다 맛이 좋다는 입소문을 타면서 밀키퀸이라는 품종의 쌀이 인기를 끌기 시작했는데 이는 일본 농림수산성의 슈퍼라이스 계획에 따라 농업기술센터 작물개발부 수도육종연구실에서 수년간 연구 끝에 탄생시킨 신품종이다.

결국 토종 쌀은 구하려고 해도 구할 길이 없는 셈이다. 밥맛품

평회를 통해서 확인해봤지만 토종 쌀의 밥맛은 시중의 여느 쌀과 견줘도 손색이 없다. 그런데도 모두의 무관심 속에서 사라지고 있는 것이다. 현재 농촌진흥청 종자 은행에는 삼백오십여 종의 우리 토종벼가 보존돼 있지만 실제 재배하는 품종은 극히 소수에 불과하며, 토종벼와 관련한 연구를 하고 있다는 말 또한 들어본 적이 없다. 기록을 찾아보면 토종벼 가운데 대궐에 진상한 품종이 여럿 되는데 이는 품질이 대단히 우수하다는 뜻이다. 토종벼가 이 땅에서 자취를 감춘다면 우린 우리의 정체성을 완전히 잃어버릴지도 모른다. 이런 기우가 말 그대로 기우에 지나지 않는다면 얼마나 좋을까.

장항습지에서 벼농사를 짓는 과정에서 가장 경이롭게 생각했던 것은 논에도 상상을 초월할 정도의 다양한 생명체가 살아가고 있다는 점이었다. 내가 아는 논의 생명체라곤 메뚜기와 개구리, 물방개, 소금쟁이, 거머리, 미꾸라지가 고작이었다. 그런데 장항습지의 논에서는 털게를 비롯해서 다양한 종의 물고기들과 물뱀까지 살고 있었다. 재작년에 이어 작년에도 고양도시농업 네트워크에서 벼농사를 지은 구산동의 논에서는 접할 수 없던 광경이었다. 이유를 따져보니 장항습지는 민통선이면서 철새 도래지인 까닭에 농약과 화학비료 사용이 원천적으로 금지되어 있기 때문이었다.

문득 어렸을 때의 풍경 한 자락이 눈앞에 펼쳐졌다. 초등학교에 다닐 때였는데 나는 겨울만 되면 양동이와 삽을 들고 논으로 나갔다. 논 아무 곳에나 자리를 잡고서 논흙을 한 삽 푹 떠올리면 동면을 하고 있던 미꾸라지가 우글우글했고 한 시간 남짓이면 양동이를 미꾸라지로 채우는 건 일도 아니었다. 돌이켜보면 그때는 농약을 사용하는 사람이 드물었다.

구산동의 논에서도 농약과 화학비료를 일절 사용하지 않았지만 장항습지와 달리 개구리도 귀했다. 모르긴 몰라도 우리가 농사를 짓기 전까진 그 논은 온갖 농약에 찌들었을 것이다. 아마 앞으로 몇 년간 구산동 논에서 벼농사를 이어나간다면 장항습지처럼 생태계가 복원될 게 틀림없다. 텃밭에서의 경험을 통해 그 정도는 충분히 유추할 수 있다.

나는 구산동에 있는 농장에서 삼 년째 텃밭농사를 일구고 있는데 어느 날 밭에 나가보니 도처에 두더지 굴이 뚫려있었다. 지렁이와 개구리와 메뚜기와 땅강아지까지 그야말로 곤충 박물관 같은 밭에 두더지까지 출현한 것이다. 아스팔트 도로와 콘크리트 수로에 둘러싸인 밭의 환경을 감안하면 그저 불가사의할 따름이었다. 이어서 이따금 뱀이 등장하더니 급기야 봄 마늘밭에 흰뺨검둥오리가 둥지를 틀고 알까지 낳았다.

흙이 건강하면 작물도 건강하다는 것은 이제 유치원생도 아는 상식이 되었다. 그런데 고양시의 논에서는 여전히 메뚜기조차 찾아보기 어렵다. 그렇다고 가족의 생계를 논에 매달아 놓은 농부들에게 농약과 화학비료를 사용하지 말라고 강요할 수는 없다. 농부들은 그동안 도시의 존속과 팽창을 위해 너무 많은 희생을 강요당해왔다.

이럴 때 필요한 것이 바로 조상들이 수천 년 동안 실현해왔던 친화와 순화와 협동의 삶이다. 현대 도시 문명은 사람이 됐건 자연이 됐건 그저 이윤 추구의 도구로만 여길 뿐이다. 사람과 자연이 죽어가건 말건 관심도 없다. 애오라지 더 많은 이윤을 위해 뭇 생명들을 사지로 몰아넣고 있는데 악도 이런 악이 없다.

농민들이 더 이상 희생을 당하지 않고 일한 만큼 보람을 느낄 수 있는 순환 체계를 만들어낼 수 있다면 농민들도 더 이상 농약이나 화학비료에 의지하지 않고 자연스레 유기순환 농법으로 돌아설 것이다. 그렇게 생산된 쌀은 우리의 삶을 더욱 건강하고 풍요롭게 이끌 수 있는 토대가 될 수 있을 것이다.

도시에서 먼 농촌이야 워낙에 유입 인구가 없다 보니 논밭에 노인들만 엎드려 있다지만 농장에 다니면서 보면 고양시의 사정도 별반 다르지 않다. 지척에 아파트 단지와 고층 건물이 숲을 이루고 있지만 논밭에서는 사람 구경하기가 쉽지 않다. 이곳에서도 논밭에서 일하는 사람은 노년층 중심이다. 도시고 농촌이고 농사를 지어서는 생계를 유지할 수가 없기 때문이다.

요즘 들어서 농장에 나갈 때마다 부쩍 하나의 장면을 상상하곤 한다. 논과 밭마다 생태계가 완전히 되살아나서 동물원이나 박물관에서나 만날 수 있는 뭇 생명들이 자유로이 노닐고, 아이들이 그 속에서 예전의 우리가 그랬듯이 마음껏 뛰어다닌다. 노인들은 뒷짐을 진 채 젊은 농부들을 독려하고, 고양시 외곽의 농촌마다 장터가 열려서 농부들과 도시민들이 소통하며 함빡 웃는다. 오가는 이마다 반갑게 웃으며 인사를 하고, 서로의 안부를 걱정해주고, 청소년들은 그러한 삶을 몸으로 익혀가며 스스로의 삶을 개척한다. 단오와 유두와 백중 같은 세시풍속에는 모두가 한 마당에 모여서 씨름도 하고 술도 나누어가며 축제를 연다.

그러나 감았던 눈을 뜨면 그 모든 풍경이 아스라이 사라지고 만다. 과연 그 모든 게 한낱 꿈에 지나지 않을까. 기약이 없을 따름이지 우리가 파편화된 채 서로를 경쟁이나 이익으로 생각하는 관계의 틀을 조화와 상생의 대면 관계로 바꾸면 일상이 축제가 되는 삶이 언젠가는 가능하다고 생각한다.

일상의 관계를 조금씩만 바꿔나간다면 우리의 삶은 상상 이상으로 달라질 수 있다. 물론 관계를 바꾸기 위해서는 그걸 추동할 수 있는 힘이 필요한데 그 힘이 몇 천 년 동안 벼농사를 지으며 내남없이 어울려 살아온 조상들의 삶 속에 녹아있다고 생각한다.

다행히 고양시에는 조상들의 삶을 계승할 자원들이 그 어느 지역 못지않게 풍부하다. 가와지볍씨가 있고 벼와 같은 삶을 일굴 수 있는 땅이 광활하며 도저히 흐르는 한강도 있다. 또한 그 속에 꿈꾸는 사람들도 많이 있다.

그들과 함께 꽃처럼 아름다운 꿈을 일궈나갈 수 있는 그 날이 오기를 하루하루 소망하다 보면 우리네 삶이 벼처럼 출렁일 수 있는 날은 비록 더딜지라도 반드시 오리라고 믿는다.

다시 봄을 기다리며

문득, 하늘을 우러른다. 봄기운이 완연하다. 숨을 한껏 들이켜니 봄 냄새가 난다. 계절마다 고유의 향기가 있다는 것을 나는 딸을 통해서 알게 되었다. 유치원에 다니던 딸의 손을 잡고 산책을 나섰던 어느 봄날, 딸은 우뚝 멈춰 서서 허공에 대고 코를 벌름거리더니

"아빠, 봄 냄새가 나!"

하고 놀라워했다.

그러나 나는 봄을 냄새로 표현한 딸을 대견하게 바라보았을 뿐 그게 어떤 냄새인지 느낄 수는 없었다. 그 이후로 계절이 바뀔 때마다 딸은 여름 냄새와 가을 냄새와 겨울 냄새를 전해왔지만 나는 거짓 감탄으로 맞장구를 치는 연기를 해야 했다. 도대체가 덥고, 선선하고, 추운 계절에서 어떤 냄새가 난다는 건지 그야말로 오리무중이었다.

그러다가 텃밭농사를 짓기 시작한 지 두 해를 넘긴 어느 날, 사방에서 풍기는 쇠락해가는 냄새에 고개를 드니 눈앞에 펼쳐진 하

늘에 계절이 지나가고 있었다. 일찍이 윤동주 시인은 「별 헤는 밤」에서 계절이 지나가는 하늘에는 가을로 가득 차 있다고 노래했지만 나는 그저 시적 표현에 지나지 않을 거라고 지레짐작해왔었다. 그런데 하늘에는 정말로 계절이 지나가고 있지 않은가. 동시에 계절은 내 몸을 관통하고 지나갔다. 그 경이로움은 뭐라고 표현할 길이 없지만 문신처럼 고스란히 몸에 아로새겨졌다.

텃밭에서 몸을 굴리지 않았더라면 계절을 결코 몸으로 익히지 못했을 것이다. 코 끝에 스치는 바람만으로도 절기가 몸에 스며들고 절기에 맞춰 농사를 짓는 과정에서 계절은 자신의 속살을 온전히 드러낸다. 덕분에 이제는 계절의 냄새를 딸보다 먼저 맡는다.

이제 곧 봄 농사가 시작된다. 해마다 짓는 농사지만 농사는 매번 새로운 이야기로부터 출발한다. 어제와 오늘의 하늘이 다르고, 땅의 기운이 다르고, 사람의 지혜도 다르기 때문이다.

그래서 나는 농사를 시작하기 전 벗들과 함께 늘 하늘에 제사를 지낸다. 정성껏 음식을 준비하고 일 년 농사지을 씨앗을 제단에 올린 뒤 겸허한 마음으로 절을 한다. 절을 하면서 자연을 받들겠다는 약속을 하고 한 해의 꿈을 품는다.

올봄에도 하늘에 제사를 지내면서 농사를 시작할 텐데 새로운 꿈을 하늘에 빌어볼 생각이다. 힘겨운 나날을 견디는 수많은 사람이 계절을 느끼며 살 수 있었으면 좋겠다는 바람이 자꾸만 마음에 아로새겨진다.

도시의 삶은 우리에게서 계절을 앗아갔다. 계절 없이 흘러가는 삶은 부자연스럽다. 그래서 쓸쓸하고 삭막하다. 계절을 몸에 익힌 사람들은 설렘 속에서 아침을 맞지만 계절을 잃어버린 삶은 불안 속에서 눈을 뜨고 감는다. 자연의 이치에 몸을 누이면 삶은 물처럼 너울너울 흘러가지만 자연과 단절되면 우리는 파편화된 삶을 조각조각 이어가며 눈시울을 훔쳐야 한다. 그래서 더욱 간절히 사람들의 삶 속에 계절이 깃들기를 빌게 된다.

그간 텃밭농사를 지어오면서 나는 우리의 삶을 우리가 보살필 수 있는 이야기들을 일궈왔다. 그 이야기들이 변화의 바람을 일으킬 수 있는 한 알의 씨앗이 될 수 있다는 믿음으로 한 권의 책을 수확해서 세상에 내보낸다.

우리 삶의 봄은 언제 올지 아직은 요원하지만 함께 꿈꾸는 시간 속에서 사람들이 덜 아팠으면 좋겠다. 세상은 쉬 변하지 않고 야만의 시간 속에서 꾸는 꿈이 위태로워 보일지라도 텃밭에서 일군 이야기들이 먹먹한 가슴에 작은 위안이라도 될 수 있다면 좋겠다.

모쪼록 아프지 말고 꿈꾸는 시간 속에서 평안하시길…….

2015년 봄이 오는 길목에서

부록

초보농부를 위한 유기농 가이드:

1. 흙을 살리자!
2. 풀을 두려워하지 말자!
3. 작물을 강하게 키우자!
4. 농약, 어떻게 해야 하나?
5. 웃거름 주기

[1]
흙을 살리자!

초보농부는 풀을 키우고, 농부는 작물을 키우고, 참된 농부는 흙을 살린다! 흙이 건강해야 작물도 건강하다. 엄마가 건강해야 태아가 건강한 것과 똑같은 이치다. 흔히 황토가 좋다고 착각하기 쉽지만 정말로 좋은 흙은 검다. 부엽토를 생각하면 간단하다. 그러나 좋은 흙을 만나는 건 생각보다 어렵다. 우리나라의 토양이 워낙에 척박하기도 하지만 석유 농법에 의존하면서 끊임없이 흙을 죽여 온 탓이다. 검정비닐과 농약과 화학비료를 사용하면 흙은 생명을 잃는다. 죽은 흙은 생기도 없고 돌처럼 딱딱하다. 그런 흙에서는 작물이 제대로 자라기도 어렵고 병충해의 피해도 심각하다. 그래서 농약과 화학비료에 의존하는 악순환이 되풀이된다.

그래서 농사를 시작할 때 흙에 대해서 공부를 해야 한다. 흙을 살리고 싶다면 검정비닐과 농약과 화학비료를 사용하지 말아야 한다. 이것만 지켜도 흙은 이내 숨쉬기 시작한다. 삼 년만 지나면 딱딱했던 흙이 고슬고슬해진다. 현미경으로 흙을 들여다보면 포도송이 모양으로 생겼는데 이를 떼알 구조라고 한다. 떼알로 이루어진 흙은 발로 밟으면 스펀지처럼 폭신폭신하고 손으로 팔 수 있을 정도로 부드럽다. 이런 흙은 냄새를 맡아보면 아, 하고 탄성이 나올 정도로 상쾌하다.

흙을 건강하게 만들고 싶다면 풀을 모아놨다가 덮어주면 아주 좋다. 주말 농부들 가운데 일부는 부러 풀을 키우기도 한다. 낫질을 해서 두둑에 덮기 위함이다.

낙엽을 덮어주면 금상첨화다. 낙엽 구하기는 아주 쉽다. 아파트 단지마다 자루에 담아놓은 낙엽이 널려있다. 구청 청소과에 전화를 하면 낙엽을 밭까지 실어다 주기도 한다. 그러나 한 트럭 분량을 받아야 하기 때문에 곤란을 겪을 수도 있다. 어떤 이들은 가로수에 농약을 친다는 이유로 낙엽 사용을 꺼리기도 하는데 그다지 걱정할 필요는 없다. 가로수에 농약을 치는 건 한여름인데 낙엽이 지는 건 늦가을이다. 잔류 농약이야 있겠지만 땅속의 미생물이 완벽하게 분해를 한다.

구하기 쉽지 않겠지만 구할 수 있다면 왕겨를 덮어주어도 좋다. 그러나 흙속에 왕겨가 너무 많이 섞이면 가뭄을 탈 수 있기 때문에 양 조절에 신경을 써야 한다.

농사를 짓는 건 기술이 아니고 철학이다. 농사는 사람이 짓지만 베푸는 건 자연이다. 그러니 농사를 짓고자 할 때 흙을 살피는 건 의무다. 흙을 살리면 자연은 그 이상을 베푼다. 그러니 공연한 욕심을 앞세워 검정비닐로 흙의 숨구멍을 틀어막고 농약과 화학비료로 뭇 생명의 목을 옥죄는 일은 멈춰야 한다.

[2]
풀을 두려워하지 말자!

초보농부들이 농사를 포기하는 가장 큰 이유는 풀이다. 봄부터 초여름까지는 풀의 성장 속도가 더뎌서 그럭저럭 제초를 하지만 장마철에는 사정이 다르다. 장마철이 시작되면 풀은 폭풍 성장을 한다. 비가 오거나 사정이 생겨서 한 주만 거르면 풀은 허리 위까지 자란다. 두 주를 거르면 정글이 따로 없다. 작물은 어디 있는지 보이지도 않고 그야말로 풀 천지다. 뱀이 나올까 지레 겁을 내는 사람도 있다. 이때 초보농부들의 과반수가 농사를 포기한다. 그러곤 농사 아무나 짓는 거 아니라고 고개를 절레절레 저으며 농사와는 숫제 담을 쌓는다. 그래서 많은 이들이 검정비닐로 멀칭을 하고 검정비닐이 아니면 농사 망한다는 고정관념에 사로잡히기도 한다.

농사를 짓기에 앞서 풀에 대해서 제대로 이해할 필요가 있다. 흔히 풀을 적대시하는 풍토가 있는데 풀은 인간의 적이 아니라 밭의 주인이다. 풀을 없애고자 제초제가 생겨났고 그 독성은 월남전 때보다 열 배나 강해졌지만 풀을 제거하기는커녕 스스로의 몸을 망쳐왔을 뿐이다.

풀은 흙을 살리는 일등 공신이다. 풀뿌리는 하늘과 땅을 이어주는 통로다. 땅은 풀뿌리를 통해 숨을 쉰다. 사람에게 이로운 균사체와 미생물들에게도 풀은 더할 나위 없이 좋은 벗이다. 버려져서 풀밭이 된 땅의 흙은 그래서 기름지다.

주말농부들은 약간의 요령만 익히면 풀에 대한 두려움에서 손쉽게 벗어날 수 있다. 초보농부들은 풀이 올라오기 시작하면 쪼그리고 앉아서 원예라도 하듯 풀을 하나하나 캔다. 그러다 보니 다섯 평에 자란 풀을 잡는데 대여섯 시간씩 걸린다. 곡소리가 절로 날 노릇이다. 여린 풀들은 호미의 날을 눕혀 흙 표면을 쓱쓱 긁어주기만 하면 그만이다. 십여 분이면 다섯 평 밭의 풀을 깔끔하게 정리할 수 있다는 얘기다. 한 번 그렇게 김을 매주면 열흘에서 보름은 마음을 놓아도 좋다.

이백 평 농사를 짓는 나는 봄에는 주로 딸깍이라는 농기구를 사용해서 풀을 잡는다. 자루에 달린 날이 흔들면 딸깍딸깍 소리가 나서 딸깍이라고 불리는 이 농기구는 그야말로 일당백이다. 걸어가면서 흙 표면을 쓱쓱 긁으면 풀의 성장점이 잘리는데 그 치고 나가는 속도가 어마어마하다. 딸깍이 사용 요령을 조금만 익히면 누구나 오십 평 밭의 풀을 한 시간이면 잡을 수 있다. 풀이 웃자라면 사용할 수 없다는 단점이 있긴 하지만 초기 제초에는 딸깍이만한 농기구가 없다. 딸깍이는 인터넷으로만 살 수 있는데 가격은 삼만 원 안팎이다.

장마철이 되면 풀의 성장 속도는 상상을 초월한다. 이때 대개의 초보농부들은 기를 쓰고 풀을 뽑는데 이때의 풀은 워낙에 뿌리를 단단히 내리고 있어서 어지간한 힘으로는 뽑히질 않는다. 여자들은 집에 있는 빵칼을 가지고 와서 풀을 자르기도 하는데 이 또한 고생을 자초하는 일이다. 풀이 자랐을 때는 낫이 최고다. 낫질이 손에 익으면 다섯 평 밭의 풀을 정리하는데 삼십 분이면 족하다. 낫으로 잘라낸 풀들은 한쪽에 쌓아두었다가 누렇게 마른 뒤에 두둑을 덮어주면 여러모로 이롭다.

무섭다면서 낫을 멀리하는 사람도 있는데 농사를 제대로 짓고 싶다면 농기구와 하루빨리 친해지는 게 좋다. 농기구를 제대로 사용하면 농사는 몇 배 편해진다.

작물이 어느 정도 자랐을 때 낙엽을 두툼하게 덮어주는 것도 적극 권장할 만하다. 낙엽을 덮어주면 풀이 잘 올라오지 못할 뿐만 아니라 껑충하니 자란 풀들도 쑥쑥 손쉽게 뽑힌다. 낙엽이 깔린 곳에서는 풀들이 뿌리를 깊이 내리지 않기 때문이다. 이제까지의 경험으로 미루어보면 풀과 씨름하는 힘을 아끼는 최고의 방법은 낙엽을 사용하는 것이다.

주말농부들이 많이 심는 작물 가운데 하나가 땅콩인데 9월 이후에는 땅콩밭에 풀을 키우는 게 좋다. 이때 풀을 잡으면 까치들이 몰려와서 귀신같이 땅콩을 파먹는데 그 양이 적지 않다. 풀이 말끔히 정리된 땅콩밭을 둘러보면 까치가 다녀간 흔적으로 곳곳에 구멍이 숭숭 뚫려있다. 그래서 9월의 땅콩밭엔 풀을 키워야 한다.

다시 한 번 강조하지만 농사를 짓고자 한다면 풀을 적대시해서는 안 된다. 풀이 자랄 수 없는 흙은 죽은 흙이다. 풀이 무성하다는 건 흙이 건강하다는 얘기다. 실제로 풀과 함께 자라는 작물이 맛은 물론이고 영양가도 훨씬 높다. 그래서 농사에 조예가 깊은 농부들은 풀과 공생할 방법을 끊임없이 찾는다.

[3]
작물을 강하게 키우자!

초보농부들은 물에 대한 강박관념이 있는 것 같다. 사나흘 물을 안 주면 큰일 나는 줄 알고 텃밭에 나올 때마다 물을 퍼 나른다. 어떤 이들은 비가 온 다음 날에도 텃밭에 물을 준다. 드물긴 하지만 매일 물을 대는 이도 있다.

식물들은 수분이 많으면 뿌리를 깊이 내리지 않는다. 가물어야 물을 찾아서 뿌리를 깊이 내린다. 뿌리를 깊이 내린 식물은 그만큼 건강해서 병해충에도 강할 뿐만 아니라 땅속 깊은 곳에 있는 미네랄 같은 미량요소를 양껏 빨아들여서 맛도 뛰어나고 영양분도 풍부해진다.

반면 뿌리를 깊이 내리지 못한 식물은 온실 속의 화초처럼 연약해서 병해충에 취약하다. 당연히 맛도 없고 영양분도 떨어진다. 일례로 물을 자주 댄 밭의 배추는 모양은 크고 좋을지 모르지만 섬유질 함량이 낮아서 쉬 물러버린다. 그러나 어쩌다 물을 댄 배추는 이삼 년이 지나도 아삭아삭함을 잃지 않는다.

나는 가급적 밭에 물을 주지 않는다. 한 달에 한 번꼴로 물을 대는데 비가오면 그마저도 건너뛴다. 그러다 보니 봄부터 가을까지 물을 대는 횟수가 잘 해야 대여섯 번이 고작이다. 배추와 무는 워낙에 수분을 많이 필요로 하는 작물이라 유일하게 한 달에 두 번 물을 주긴 하는데 나머지 작물들은 잎이 누렇게 시들 때까지 내버려둔다. 그러다가 작물들이 정말로 힘겨워할 때 흠뻑 물을 댄다. 토마토나 고추는 너무 가물면 땅속의 영양분을 빨아들이지 못해서 배꼽썩음병이 오는데 그럴 때 물을 대는 것이다.

그러나 초보농부들은 스스로의 불안을 이겨내지 못한다. 왜 물을 자주 주면 안 되는지 구구절절 설명을 해도 돌아서서 물을 댄다. 걱정할 필요 없다고 안심을 시켜도 못내 못 미더운 표정으로 조루에 찰랑찰랑 물을 채운다. 아무래도 작물을 강하게 키우는 건 고수들의 얘기고 초보들은 최선을 다해 돌봐야지만 수확이 가능하다고 믿는 것 같은데 옆에서 보기에 참 안타까운 노릇이다.

물을 줄 때도 한낮은 피해야 한다. 그러나 초보농부들은 시간이 없으니 어쩔 수 없다면서 한낮에 곧잘 물을 댄다. 날이 뜨거워지면 식물들은 스스로를 보호하기 위해서 몸속의 수분을 뱉어낸다. 그래서 한낮의 식물들은 축축 늘어지기 마련인데 이를 증산작용이라고 한다. 이때 물을 주게 되면 식물들은 말도 못하게 스트레스를 받는다. 그래서 시골농부들은 아침이나 저녁을 택해 물을 댄다. 하지만 도시농부들은 한낮의 축 늘어진 작물을 보곤 가물어서 그렇다고 제멋대로 결론을 내리곤 양껏 물을 준다. 그러곤 뿌듯해 한다.

작물은 농부의 발소리를 듣고 큰다는 말이 있다. 그러나 그 말은 관심과 애정을 갖고 자주 들여다봐야 한다는 의미지 늘 보살펴야 한다는 뜻이 아니다. 아이를 잘 키우겠다고 과잉보호를 해서는 안 되는 것과 똑같은 이치다. 관심과 애정을 가지고 잘 지켜보다가 그때그때 필요로 하는 것을 시의적절하게 제공할 때 작물은 건강하게 자랄 수 있다. 이때 중요한 것은 나의 입장이나 감정이 아니라 작물의 입장과 감정이다.

농사를 짓는 건 수확을 목표로 하기도 하지만 작물을 키우는 과정을 통해서 자아 성찰을 하는 것도 그에 못지않게 중요하다. 그래서 농사를 짓는 데 가장 중요한 덕목 가운데 하나가 인내와 기다림이다. 인내와 기다림을 통해서 작물과 함께 사람도 성장하는 것이다.

[4]
농약, 어떻게 할 것인가?

농사를 짓다 보면 어느 것 하나 쉬운 게 없다. 초보농부들이 가장 힘겨워하는 게 병해충과의 싸움이다. 생태계가 살아있는 밭에서 농사를 지으면 병해충의 피해를 크게 염려할 필요가 없지만 대부분 주말농장의 흙은 척박하기 짝이 없어서 병해충이 무시로 들끓는다. 그렇다고 가족들이 먹을 작물에 화학농약을 칠 수도 없는 노릇, 주변에 조언을 구하면 방법이 없으니 그냥 농약을 치라는 대답 일색이다. 농업기술센터에 전화를 걸어도 사정은 마찬가지다. 그러면 울며 겨자 먹기로 농약을 치게 된다.

흔히 농약하면 화학농약을 떠올리게 마련이다. 그러나 자연에도 농약이 있다. 대표적인 게 제충국이다. 제충국은 국화과로 꽃에 피레트린이라는 살충 성분이 있는데 그 약성이 매우 뛰어나다. 인체에는 무해하고 곤충에게만 영향을 미치는 천연농자재로 인터넷에서 쉽게 구매할 수 있다. 보통 백 밀리미터에 만 원 정도 하는데 오백 배에서 천 배 사이로 희석해서 사용하기 때문에 열 평 안팎의 텃밭이라면 일 년을 쓰고도 남는 양이다.

지금껏 여러 종류의 천연 농약을 써봤는데 제충국의 효과가 가장 탁월하다. 제충국 하나면 배추벌레부터 진딧물까지 해충과 씨름할 일이 거의 없다. 제충국에 오일 성분을 섞어주면 그 효과는 배가된다.

그러나 벌레 피해가 심각하지 않다면 천연 농약이라고 할지라도 되도록이면 사용하지 않는 것이 좋다. 해충만 죽이는 게 아니라 익충까지 죽이기 때문이다. 나는 해마다 오십여 가지의 작물을 키우지만 배추와 무와 양배추를 빼곤 천연 농약을 거의 사용하지 않는다. 필요성을 느끼지 못하기 때문이다. 겨자채의 경우 해충 피해가 심하긴 하지만 팔 게 아니기 때문에 그냥 벌레랑 나눠 먹는다. 주말농장의 경우 김장농사만 아니라면 사실 벌레를 걱정할 필요는 없다.

농사지을 때 가장 겁나는 녀석은 진딧물이다. 진딧물이 번지는 속도는 경이로울 정도다. 진딧물이 한 번 번지기 시작하면 걷잡을 수가 없다. 이때는 오백 배 희석한 제충국에 달걀노른자와 식용유와 물을 섞어 믹서에 갈아서 만든 난황유를 함께 사용한다. 진딧물 피해가 정말 심각할 때는 목초액까지 섞어서 사용했다.

그러나 정말 중요한 것은 생태계를 살리는 것이다. 생태계가 살아나면 천적 관계가 자리를 잡는다. 재작년 가을에 내가 농사를 짓는 가좌농장에는 진딧물 피해가 상상을 초월할 정도로 심각했다. 상추에도 진딧물이 끼는 걸 그 해에 처음 보았다. 제충국을 쏟아 붓다시피 해서 간신히 진딧물을 잡긴 했지만 김장농사의 피해는 막심했다. 고심 끝에 농장주인 친구가 보리 이삭엔 진딧물의 천적인 진디벌이 산다며 농장 주변에 보리를 뿌렸다. 이듬해 봄, 농장 주변에 보리가 장관을 이뤘고 그 영향인지는 정확하게 모르겠지만 진딧물 피해 없이 맘 편히 농사를 지을 수 있었다.

초보농부들이 농약을 치기 전에 꼭 알아둬야만 하는 게 있다. 해충이 작물을 갉아 먹을 때 작물은 가만히 있지 않는다. 해충의 공격을 받으면 작물은 스스로를 보호하기 위해 피톤치드와 테르펜이라는 물질을 내뿜는다. 피톤 치드는 미생물로부터 자신을 보호하기 위한 항균물질이고, 테르펜은 특유 의 강한 휘발성으로 멀리 퍼져나가 자신에게 필요한 곤충을 유인하는데 해 충의 공격을 당할 때는 천적을 불러들인다.

식물마다 고유하게 내뿜는 테르펜의 독특한 휘발성을 우리는 향기라고 부 르는데 농약에 의존하게 되면 해충의 피해는 막을 수가 있지만 식물은 테 르펜을 더 이상 내뿜지 않기 때문에 향기를 잃는다. 그래서 농약으로 키운 작물에선 향이 나지 않는다. 한마디로 맛이 없다는 얘기다. 당연히 약성도 떨어진다.

그래서 다양하고 건강한 생태계를 복원하는 게 중요하다. 농사를 짓다 보면 불가피하게 천연 농약을 쓸 수밖에 없지만 자연이 농사를 주관하는 환경만 만들어진다면 농약 없이도 수확의 기쁨을 마음껏 누릴 수 있을 것이다.

[5]
웃거름 주기

밭 만들 때 넣는 거름을 밑거름이라고 하고 작물이 성장하는 과정에서 추가로 넣어주는 거름을 웃거름이라고 한다. 밑거름은 농협에서 만든 축분퇴비를 사용하는 게 일반적이다. 그러나 항생제가 문제가 되면서 요즘은 유기농퇴비 사용이 늘고 있다. 집에서 나오는 음식물쓰레기로 손수 퇴비를 만들어서 사용하는 도시농부들도 갈수록 늘어나고 있는 추세다.

하지만 대부분의 주말농장들은 밑거름을 넣어서 밭을 다 만든 뒤 분양하기 때문에 초보농부들은 농협의 축분퇴비로 농사를 시작할 수밖에 없다. 유기농퇴비를 사용하고 싶다면 농장주와 잘 협의해야 하는데 이게 쉽지가 않다. 퇴비 살포와 밭 만들기까지 트랙터로 한 번에 작업을 끝내기 때문이다. 가장 좋은 방법은 유기농을 지향하는 농장을 찾아가는 것인데 그런 농장은 찾기가 만만치 않다. 하지만 거리가 좀 멀더라도 가급적이면 유기농을 추구하는 농장에서 농사를 시작하는 게 좋다.

초보농부들은 밑거름만으로 농사를 짓는다는 착각을 많이 한다. 웃거름이 있다는 것 자체를 모르는 경우가 허다하다. 물론 밑거름만으로 농사를 지을 수는 있다. 그러나 밑거름만으론 작물이 잘 자라지 못한다. 고구마와 콩은 웃거름을 줄 필요가 없지만 대부분의 작물은 거름을 엄청 먹는다. 처음에는 잘 자라다가 어느 순간 성장세가 느려진다면 웃거름을 줄 때가 온 것이다.

이때 많은 이들이 화학비료를 쓴다. 누군가 밭에서 숟가락으로 좁쌀 같은 알갱이를 뿌리고 다닌다면 화학비료를 준다고 생각하면 틀림없다. 화학비료를 주면 작물들은 하루가 다르게 폭풍 성장을 한다. 크고 실한 열매채소들이 가지가 부러지도록 주렁주렁 매달린 광경 앞에서 초보농부들의 두 눈은 휘둥그레질 수밖에 없다. 자신이 키운 작물과 심하게 비교되기 때문이다. 유기농을 지향하는 도시농부들도 그래서 가끔씩 나도 한번, 하고 흔들릴 때가 있다.

그러나 화학비료로 키운 작물은 맛이 있고 없고를 떠나서 암을 유발한다. 체내에 축적되어 있다가 단백질이 들어오면 발암물질로 변하는 것이다. 그뿐만 아니라 땅을 산성화시킨다. 그래서 화학비료를 사용한 밭들을 보면 척박하기 그지없다.

그러면 어떻게 할 것인가. 답은 의외로 간단하다. 오줌을 모으면 된다. 오줌은 작물이 성장하는 데 필요한 영양분을 고루 지니고 있다. 그래서 내 주변에서 농사짓는 사람들은 다들 아파트에서 오줌을 모은다. 그중에는 회사에 출근해서까지 모으는 사람도 있다. 초보농부들은 헐, 소리를 내며 인상을 찡그릴지도 모르겠지만 오줌을 모으는 일은 결코 더러운 일이 아니다. 우선 오줌에서 악취가 난다는 편견부터 버려야 한다. 오줌은 혐기성이라 공기에 노출해놓으면 부패가 일어나면서 악취를 풍긴다. 그러나 밀폐를 시켜놓으면 부패가 아닌 발효가 된다.

정 못 미더우면 한번 해보면 된다. 오줌을 모을 때 나는 플라스틱 우유병을 가장 선호한다. 그래서 재활용쓰레기 버리는 날이면 열심히 우유병을 주워 나른다. 오줌 모으는 걸 도통 이해 못하던 사람들도 한 달 정도 지난 오줌을 웃거름으로 사용해보면 그때부터 바지런히 오줌을 모으게 된다. 물과 오줌을 5 : 1이나 10 : 1로 희석해서 웃거름을 주면 그 효과는 단박 나타난다. 웃거름을 줄 때 오줌과 막걸리를 섞어서 주면 더욱 좋다. 작년 내내 나는 버려지는 막걸리를 수시로 모아서 거름으로 썼는데 그 효과는 만점이었다. 하지만 이백 평 텃밭에 막걸리를 웃거름으로 쓴다는 것은 개갈 안 나는 짓이라 고심 끝에 양조장에서 술지게미를 사다가 썼다.

나와 절친하게 지내는 환경운동가는 유기순환 농법을 실천하는 농부야말로 세상에서 가장 훌륭한 환경지킴이라고 잘라 말한다. 그 주장에 나는 전적으로 동의한다. 아파트에서 오줌을 모으다 보면 지구를 지킨다는 게 어떤 건지 피부로 느끼게 된다. 단순히 물 절약 차원이 아니라 자연이 베푼 음식으로 우리의 생명을 살리고, 우리의 몸이 토해낸 배설물을 거름으로 만들어 자연으로 되돌리는 순환이 얼마나 소중한지 몸으로 깨닫기 때문이다.